子中说说

杨子中 著

中国书籍出版社
China Book Press

图书在版编目（CIP）数据

子中说说 / 杨子中著. —北京：中国书籍出版社，
2017. 8
ISBN 978-7-5068-6427-5

Ⅰ.①子… Ⅱ.①杨… Ⅲ.①散文集－中国－当代
Ⅳ.①I267

中国版本图书馆CIP数据核字（2017）第210047号

子中说说

杨子中

策划编辑	安玉霞	
责任编辑	许艳辉	
责任印制	孙马飞　马　芝	
版式设计	中尚图	
出版发行	中国书籍出版社	
地　　址	北京市丰台区三路居路 97 号（邮编：100073）	
电　　话	（010）52257143（总编室）　（010）52257140（发行部）	
电子邮箱	chinabp@vip.sina.com	
经　　销	全国新华书店	
印　　刷	北京墨阁印刷有限公司	
开　　本	880 毫米 × 1230 毫米　1/32	
字　　数	116 千字	
印　　张	6. 25	
版　　次	2017 年 10 月第 1 版　2017 年 10 月第 1 次印刷	
书　　号	ISBN 978-7-5068-6427-5	
定　　价	32. 00 元	

子鍾說說

康寶輝書
時在丁酉秋

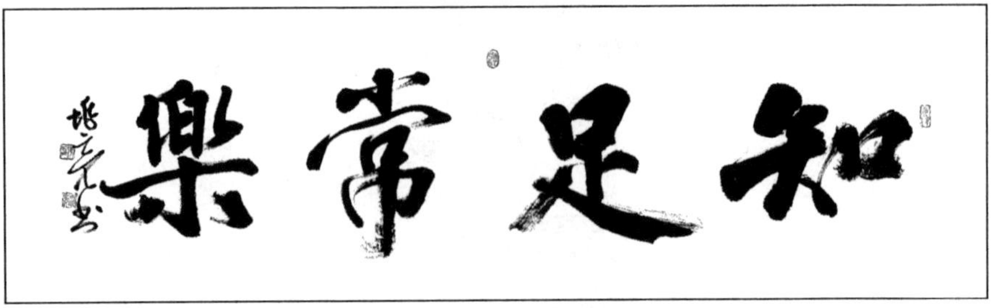
知足常樂

前　言

　　漫步在公司楼下林间碧草如丝的小径上，看着温柔、饱含深情的阳光给大自然带来的平静与祥和，一切是那么惬意。充满朝气的一群年轻小伙在踢足球，林里不知名的野花点缀着嫩绿的矮冬青，满含蕊苞的杜鹃迎风轻舞，叶片婆娑细语，有点等不及地想与桃李争艳，一切是那么符合季节的规律。我用最美的文字写下舒畅的音符，写下娇娆的七月一日。让微笑美丽，让心灵释然。

　　时光飞逝，岁月如梭，日子悄无声息地在不经意间偷走了六月，迎来了一年中最美的七月。迈着轻松的步伐漫步在春光妩媚的七月里，闲看花开花落的平静，聆听虫鸣鸟语的安谧，凝眸小桥流水的陶醉。漫步在这如此唯美的七月，我感慨万分，禅悟颇多，懂得了人生最快乐、最惬意的事情就是轻松与愉悦并存在心间。抛下所有的重负让心微笑，让心情美丽，让人生快乐，让心灵在柔软的时光中曼妙轻舞，演绎人生中最美的诗篇华章；在缱绻的岁月里缔造传奇，超越灵魂；在安然的季节里墨守浮华，释然醉花间。

细数光阴，一年中最美的，芳菲缤纷的、娇媚碧翠的事物都集中在这诗意般柔情的七月。春风轻轻软软、丝丝柔柔地抚慰着明媚的阳光，伴随着新绿的清香与百花的芬芳慢慢向我走来，沁入心脾。漫步在诗情画意的七月，微笑向阳，顺花径缓缓而行，我的心早已飞向远方，让我无从把握。人生有着太多的不解与孤独，唯有心灵丰富的人才能深刻体会。

一阵暖风吹过，花儿轻声私语，虫鸟低吟浅唱，柏油马路两边碧绿苍翠的树叶散发着淡淡的清香，沁人心脾，令人心旷神怡。我胸舒心畅地呼吸着大自然的清新空气，忘却了内心深处淡淡的忧伤与惆怅，忘却了每天来去匆匆为生计而奔波劳碌的疲惫，忘却了城市里躁动易变、车水马龙的繁忙。浮躁里的悠闲，返璞归真的充实，心领神会的彻悟，让每丝呼吸都感觉到醉人的清新，无比的惬意。

穿过季节的轮回，流年的浮华，人生路上的聚散便是生命里卷起又铺开的风景。拾一份懂得，收获一份安暖，让灵魂与心灵对望生香，相互欣赏；在心灵上开花怒放，芬芳指尖流年。柔情妩媚妖娆的七月，到处都是葱绿苍翠清香入肺，到处都是唯美惊喜，让人目不暇接，到处都是百花娇艳争颜，万紫千红。漫步在这最美的七月，心灵释然醉花间，希望公司的将来越来越好！

克默迪企业－子中

目录

随笔

观后感

散文

随
笔

岁月的痕迹，抹不掉的痕迹。那么，我们是不是可以换一种方式留下一点岁月的痕迹呢？我觉得，人在活着的时候为家人、为他人多做一点力所能及的有益的事，不也是岁月留下的痕迹吗？这些岁月的痕迹，会永远留在人们心中，抹不掉。

岁月的痕迹是一个人沧桑经历的见证，是一个人不断走向成熟的记录，是一个人生命之花绽放的轨迹，是一个人收获人生的脚印，是我们人生的宝贵财富。

物转星移，寂寞的光年里，桃花依旧笑春风。也许是我们太过忙碌，忽略了嘈杂的街市亦有清新的风景。又或许是在修炼的过程中，欠缺了一些重要的片段。不知道，人生需要留白，残荷缺月也是一种美丽，粗茶淡饭也是一种幸福。生活原本就不是乞讨，无论日子过得多么窘迫，都要从容地走下去，不辜负一世韶光。有时候，伫立在摩肩接踵的人流中，心底会涌出莫名的感动。觉得人的一生多么不易，我们应该为这些鲜活的生命而感到温暖，为凡间弥漫的烟火感到幸福。

子中于贵阳随笔

2017.6.20

　　听着云飞的《神奇牧人寨》感悟到生活中不可能一切都是幸福的，用生活中的幸福去填补生活中的不幸，人生才会完美。因此，当我们面对生活中的困境或逆境时，就应该释放悲观的情绪，用乐观的心态去面对，才会拥有自信和勇气。生活中酸甜苦辣，人生百态，每天快乐与否，完全取决于我们的心态。

　　总是回忆儿时的无忧无虑、天真无邪，回忆童年的美好时代。但一切已成为回忆，即刻我们将面对现实，将它埋藏于心底，迎接新的开始。释怀，也是一种感慨！与无奈有必然的关联。如果可以把握与运筹，就不会劝慰自己想开或看开。有些人，有些事，注定不会以谁的愿望而谐和。经历是每个人的，我们没有太多的精力去耗费。释怀是一种积极的情绪，在感慨逝去的同时，你会庆幸自己也有了一份洒脱！释怀的本身，意味着跨入了一种令人欣慰的精神境界，而这种境界的获取，又何尝不是一种对曾经磨砺的感慨？

子中于北京随笔

2017.5.29

忽然来一阵夏风，感觉很清爽。花会开，雨会停，人生的起落间，总有快乐风，亦有伤感风，逝去无踪。

生命中总有些人，随风而来，静静守候，不离不弃；也有些人狂风大作，浓烈如酒，疯狂似醉，却是醒来无处觅，来去都如风，梦过了无痕。缘深缘浅，如此这般。无数的相遇，无数的别离，感慨良多，或许不舍，或许期待，或许无奈，终得悟，不如守拙以清心，淡然而浅笑。

夏季是一年之中最好的季节，超爽的天气。最好的风是夏风，给人拂面清爽；最好的雨是夏雨，给人冰凉爽快；最好的夜是夏夜，给人舒畅心情；最好的天空是夏日的天空，给人风轻云淡，舒适的感受。夏天的味道，多少人在这光芒的时刻染上永恒，滚烫的空气，指间的微凉，思念如泼墨，泛起层层渲染，而今的彼此，隔着时光看彼岸，对岸夏天里的青春正一天一天地成熟。你微笑的脸庞，我浅唱着婉辞，生如夏花般绽放。空气中的絮语，那一抹纯白的似水柔情，诠释着七月流火最美的纪念。

子中于北京随笔

2017.5.11

　　一生无论是走在阳光大道还是走在小小的独木桥上，都要笑对未来，保持一个良好的心态。只要有一个良好的心态，温暖的阳光会时时照进生命里；只要有一个好心态，就会感觉春天的花朵，在生命里四季都常开；只要有一个好心态，最终就能够从困难逆境中走出来。

　　要感谢风雨随时都存在，因为随时迎接着风雨的生命才经得住任何的忧喜，因为风雨里才能活出自己的样子来。只要每天都有一个好心态，管它风雨来不来，管它雪霜在不在，笑起来，让生命增多一些色彩，笑起来让人生增多一些姿态。过去的已经永远都走开，剩下的就是崭新的未来。只要生命不息，每天都要生活在微笑里，因为微笑才会让生命更坚强勇敢起来。

子中于北京随笔

2017.4.19

没有过不去的事情，只有过不去的心情。确实是这样，很多事情我们之所以过不去是因为我们心里放不下，比如被欺骗了，报复放不下；被讽刺了，怨恨放不下；被批评了，面子放不下。大部分人都只在乎事情本身，并沉迷于事情带来的不愉快的心情。其实只要把心情变一下，世界就完全不同了。

人生在于修行，修行则在于领悟。生活没有答案，生活不需要答案。当生活即将不属于你时，你才会发现：生活仅仅是一个过程，而这个过程无论多么复杂，最终结局都是一样的。生活注重的是过程，而不是结局。世本是世，无须精心处世。人本是人，不必刻意做人。

放一首音乐，不必太感伤。像一株花一样，寂静美好。生活本是一场漂泊的漫旅，遇见了谁都是一个美丽的意外。我珍惜着每一个可以让我称作朋友的人，因为那是可以让漂泊的心驻足的地方。

有时候会被一句话感动，因为真诚；有时候会为一首歌流泪，因为自然。要快乐，不止此时，而是一生。只要努力就行！

子中于贵阳随笔

2017.3.31

　　三月的贵阳，理应春暖花开，但今年，老天却不尽如人意，更谈不上暖光洋洋。寒潮逆袭，令人滋生寒战。恬不知耻的冬天亦眷恋着春天不走，春寒料峭耀武扬威，然而却抵挡不住迓春的柳条，泛着黄莹莹的嫩绿。春，注定是多情的。

　　从一个反差走进另一个反差，是一种逆反，也是一种自然。犹如逆境才能成才的道理，逆境是炼狱，也是孕育。而通过炼狱成才的人们就如春一样，多情并懂感恩。春的色彩就是多情的微笑，春的花香鸟语就是报恩的卿卿心语。

子中于贵阳随笔

2017.3.23

　　风，一如既往地吹过，把那些心事吹开，在溢满香薰的年华里，呈现出滴滴墨迹。记忆里，还是这样的画面，还是这样的场景，只是，这些风景再也没有最初的美丽。许是，时光远了，味也淡了，连风景也改变了原有的芳香。许多事，不曾记着，但总能在心里时常想起，以至于，那风，那雨，那阳光，就会惹起很多很多的记忆。

　　隔着心的距离，总感觉时光是那样的苍白和朦胧。指尖的光阴一层层流逝，就越发看不清那些美丽都去了何处。其实，很多时候，都希望将自己的天空染上喜欢的色彩，只是时间演变的过程中，改变了最初。2017 年努力！

子中于北京随笔

2017.3.6

难忘的 2016 年，永远珍藏于我记忆的史册中，成为我一生难忘的里程碑。你记录着我这一年的言行，在时间的长河里，一年不足称道，在人的一生中，则是不可多得的财富。岁月的年轮，总是在不经意间慢慢增长；情感的画廊，总是在风雨中悄悄流失。

似水流年，青春岁月。2017，从东方的地平线缓缓地升起，时光不断地逝去，然而，我们所能做的，只是把握生命的美好时光，奋斗，为人生。人生，就是那么由一年又一年的经历，一个又一个偶然，一段又一段的过程组成。

子中于北京随笔

2017.1.2

　　翻开日历，金秋十月又在不知不觉中如约而至。它带着秋风，带着秋雨，也带着十月独特的韵味和雅致。

　　天高云淡了，风轻月圆了，金菊也绽放了。走进十月，处处洋溢着浓浓的秋韵。目光所及之处层林尽染，树影婆娑，别具风姿。

　　多姿多彩的十月，是成熟收获的，是惬意恬淡的，是失意多情的，也是寂寥落寞的。自古就有"逢秋天即悲伤，到重阳便孤独"之说。这色彩斑斓的神圣季节，带给人们的是丰收的喜悦。而对我来说，却是一种暗示，是一种心灵的颤动。我不知道，该如何面对这个平凡，却因你而变得特殊的十月。唯有凄凄独倚清秋，静若幽兰，听空谷清音，听天外风吟，任思绪在天地间遨游。

　　秋风，虽然还是有些柔弱无骨，却依然吹皱了心湖，拨动了心音。风中摇摆的树叶儿，带着丝丝遗憾，极不情愿地离开了树枝缓缓而下，飘落在萧瑟的秋色里，与大地融为一体。那一地的落叶，仿佛也挂满了忧伤。望着它们孤单无助地随风飘荡，心随着旋转起舞，心事也随着萧瑟飘摇。

　　轻轻拨开心湖的涟漪，羽毛似的小舟，缓缓驶向远方的彼岸。

不想去想你，却依旧划向了你的身边；想要忘记你，却如痴如醉地沉醉在与你缤纷温婉的往昔里。

子中于北京随笔

2016.10.21

　　我们必须要清楚地知道自己要什么东西。其实我们要的很简单，我们要的只是幸福。

　　幸福是什么，它没有具体的概念，也许是一种感觉，也许是精神，也许是物质，我觉得两者都不可少，尤其在现在这个社会。

　　人活着必须要有追求，如果没有追求，没有理想，没有目标，将会迷失自己，会活得很空虚，很迷茫，不知道自己为了什么而活着。但是，精神上的富有，显得更重要。精神的力量是无穷的，意念是神奇的，只有精神富有，才会有更高层次的追求。人要有物质追求，生活的质量才有保障，但不可以为物质所迷惑，物质的背后是对理想的执着。我们只有实现自己的理想，完成自己的使命，这一生才是有意义的。

　　做一个有修养有品位的人，活得洒脱点。人生时刻面临困境和挑战，敢于面对生活波浪的人才是真正的强者。

　　时刻准备着，为美好的生活而努力，为我们深爱的和深爱我们的人好好活着。存在即合理，每个人都有幸福的权利，并不可缺少，因为有太多的人在时刻关心着你！

子中于北京随笔

2016.11.4

　　很多你觉得天大的事情，当你急切地向别人倾诉时，在别人眼中也是个小事，他最多不痛不痒呵呵地应和着。因为他不是你，他无法感知你那种激烈的情绪。直到有一天你觉得无须再向别人提起，甚至觉得向别人提起这事怪可笑的，你就已经挽救了你自己。这世界上除了你自己，没谁可以真正帮到你。送给靠自己努力的人们！

子中于北京随笔

2015.2.18

人生最重要的是在生命的过程中，修养自身，提炼思想，崇尚主义，追求卓越，总结过去，踏实真诚，播种美好，收获未来。有积极的人生态度，有对幸福本质较为深刻的理解和认识，能够去正确感悟感知生命中应该值得激动和珍惜珍藏的美好，人才能感受来自内心的真实幸福、快乐。从思想上深刻认识了这些，人才能体会、得到平淡生活中存在的丰富与美好。

经历颇多后，深深懂得高屋建瓴，以静制动，以不变应万变；浓缩了精华，剔除浮躁，不慌不忙，有些城府；韵味十足，有了自己的生活方式，不再为琐事烦恼。如果忧虑，亦无力解决，不如轻松面对，或许还能眼前一亮，思路忽然清晰起来。生活就是应该充满温馨，充盈快乐，散发光彩，不要去抱怨命运的不公，也切莫抱怨人生的坎坷，抱怨只会让你更加的烦躁，关键是你是否拥有一双慧眼，你是否拥有一双乐善好施的手，你是否拥有一颗敏锐的心。生活应是充满着温馨的，生活应是洋溢着幸福的，生活应是散发着光彩的。

子中于北京随笔

2014.11.25

　　人生如梦，岁月无情。蓦然回首，才发现人活着是一种心情。穷也好，富也好，得也好，失也好，一切都是过眼云烟。想想，不管昨天、今天、明天，能豁然开朗就是美好的一天。不管亲情、友情、爱情，能永远珍惜就是好心情。人的一生，只要学会微笑生活，微笑对待朋友，认真、诚实、脚踏实地，付出就会有回报。

　　没有阳光，就没有绚丽的花朵；没有雨露，就没有参天的大树；没有微笑面对别人，就没有心心相印的朋友；没有付出，就没有良好的回报。岁月让我磨灭了当初的锋芒，变得沉稳成熟，让我的容颜变得沧桑。岁月让我体会到人生的无奈和苦楚。在岁月面前我改变了很多，让我担负起了一份责任，让我体会到父母的艰辛和对儿女的爱。在岁月面前，我懂得了怎样去爱自己的父母家人，去承担一份对亲人和家庭的责任；让我明白了，我不是为自己活着，而是为了一个家庭和一群爱我的人活着。

　　岁月无情，人生有情，在有生之年做事且行且珍惜。

子中于贵阳随笔

2014.10.26

　　秋风带来的寒意让我感到冰凉，拢了拢衣服，继续向前慢慢地走着。又一年九月，又一度枫红，又是一年中秋佳节，时间过得可真快。这时，一缕秋风拂过，我停下脚步，伫立在树下。猫山的夕阳渐渐黄昏不见你归程。岁月的年轮，再诚恳，也渡不过红尘。

　　日子如流水般逝去，转眼又到了秋天的季节。我喜欢这个季节，喜欢大自然绚丽的秋色，尤其是枫叶渐渐由碧绿变为深红的过程，就像越来越远的逝去的梦境里的故事，一年又一年，往事愈来愈如烟。

　　秋天离我越来越近了，而现实的身影也慢慢地向我逼近，你准备好了吗？我不停地问着我自己。这时暮色也渐苍茫了，抬头望一眼远处田野里沉甸甸的菜谷穗，对于人生，似乎我有了更加坚定的信心。

子中于贵阳随笔

2014.9.6

其实幸福与否真的只是每个人的感觉而已。我想每个人的脑海里面，最幸福的时光大多都是童年。平平淡淡的童年，是我们拥有物质财富最少的时候。不过，那时候我们比较容易满足，也许这就是我们快乐的源泉。因为要求的少，所以得到的就多。

不管世事变幻沧海桑田，永远就这样平平静静地生活，平平安安地做事，平平淡淡地做人，不企望流芳溢彩，不奢望艳冶夺人，给生活一丝坦然，给生命一份真实，给自己一份感激，给他人一份宽容。喜欢淡淡的感觉，例如夜的静美，雨的飘逸，风的洒脱。此时的淡淡是一种意境，不是淡而无味的淡，是过滤了喧嚣纷扰后的宁静，是心静如水的淡然，就这样淡淡地感受一份属于自己的天地。

心如雨后的天空一样纯净。一份淡淡永远陪着我，不管外面的风风雨雨，惊涛骇浪。如此，也许更能体会生活的意义和生命的价值！

子中于贵阳随笔

2014.9.2

　　生命旅途中，我经历了很多磨难，也经历了很多艰难的抉择，旅途上布满了荆棘，充满了沧桑，但我依然昂首阔步地走了过来。我也曾为汗水背后的果实而大声欢笑，也曾为拥有一份坚持一份成长而欣喜若狂。我很想这一生就这样，付出然后收获。沧桑，就像我们生命中的老屋，装满了回忆，也装满了心酸。有的时候，我们想去触碰，却不敢伸出手，怕这一触碰，就会有满满的忧伤落地。沧桑，是一卷黑白胶片，记录着我们走过的点点滴滴，潇洒或凄美，叹息或黯然……

　　我们一天天在磨难中成长，当我们走到某一个流年的秋天，回眸，我们才发现，我们已经历了太多太多的过往。天空留不下我们的痕迹，但我们已飞过，当所有的过往都凝成了淡然，当所有的沧桑都化为了意境，当所有的意境都成为领悟，我们终于能够笑着感叹：生活，已经没有什么不可以面对的了！上天在关上一扇门之前，肯定会打开另一扇窗！经历了沧桑的步履，经历了沧桑的心灵，尽管已没有了幼稚和单纯，却多了成熟和稳重；尽管缺少了浪漫，却多了份深沉。

　　滚滚红尘，流年似水，流芳百年固然酣畅，可梦想越是美丽就越是遥不可及，我理解这种遗憾，可除此之外还能怎样呢？光阴淌过，岁月沉淀，当狂风遣散白云，待时光斗转星移，所有的幻想和激情终将褪去。

子中于贵阳随笔

2014.8.31

花开花谢，夏去秋来，世间的一切因果轮回，就像这季节的更替，岁月的变迁。可是为何我们的青春岁月却没有一次的轮回，反而脚步匆匆，唯有岁月所留下的风霜跟心境的改变。年少的时候总是自命不凡，总以为自己跟别人不一样，总想着通过自己的努力改变自己的未来。

那时候希望快一点过年，不仅仅是因为有好吃的。无疑那是一段快乐的日子，无忧无虑，青涩得没有一点心机，"初生牛犊不怕虎"应该就是那个年龄了吧，现在看来就是两个字"年轻"。

自己只不过是茫茫沙漠中的一粒细沙，汇入江河中的一滴水，对于普通大众的我们，有的只是平淡的生活。成家以后才知道父母的不容易；才知道锅是铁做的；人情的往来，都需要自己去打理；家也需要自己去经营。在社会这个大家庭里，从一个棱角分明的石头，到现在的不卑不亢，不会着意地去表现自己。没有了那些豪情万丈，没有了那些不着边际的梦，有的只是脚踏实地、平平淡淡，一年定一个小小的目标。

现在的自己很怕过年，因为过年又老一岁，岁月无情催人老。时光匆匆，往事不堪回首，当一个人感觉心累的时候，别太为难自己，理智地放下一些纠结。人只有一双手，终究不能抓住所有美好，很多事情就是一种选择，适合自己的才是美好的。

子中于贵阳随笔

2014.8.26

　　跨进青春的门槛，追求远大的理想，弹奏友谊的乐章，生活因而变得精彩！人们都说童真的友谊很纯洁，可我却说，初中的友谊更纯洁，更精彩！

　　生活因友谊而精彩！人生如歌，友谊是乐曲中最动听的乐章。进入中学，聚在一起，才觉得友谊是那么纯真而无瑕。

　　生活因友谊而精彩！人生如画，友谊是画中最美妙的色彩，它似一抹彩虹，渲染着我们的生活。同窗好友，课堂内外，朝夕相处。

　　生活因友谊而精彩！人生如诗，友谊是诗篇中画龙点睛之笔。在你困难的时候，朋友向你伸出了无私的手；在你痛苦的时候，朋友奉献过真诚的心；在你孤独的时候，朋友给予过你真诚的友情。正因为有了友谊，我们的人生才会变得如此绚丽；正因为有了友谊，生活才变得如此精彩！

　　生活如酒，或芬芳，或浓烈，因为有了友谊，它变得醇厚；生活如歌，或高昂，或低沉，因为有了友谊，它变得悦耳；生活如画，或明丽，或素雅，因为有了友谊，它变得美丽。生活因友谊而精彩，让你、我、他，一起去品味，去寻找那天真而又纯洁的友谊吧！

曾有人说：友谊是一种温静与沉着的爱，被理智所引导，习惯所结成，从长久的知识与共同的契合中产生，没有嫉妒，也没有恐惧。

我想，人生是美好的，友谊定是人生中最纯真的那部分。

子中于北京随笔

2014.7.30

　　人的心情如天气一般是有阴晴冷暖的，快乐的、满足的、无奈的，许多许多的变化是我们自己无法左右的。生活在这个纷繁复杂的社会，每个人的心情都会随着周围的环境而变化。

　　"人最大的敌人是自己。"这句话我想你应该听过吧！所以，和别人比是没什么意思的，只有和自己比，才能永远有奋斗目标，不要拿别人的标准去衡量自己！遇到别人不公正的评论的时候，只要不伤及个人尊严问题就让别人说去吧！别人说的对，你认真接受就好。

　　在你感觉快支撑不下去的时候收拾心情，丢掉一些昨天的东西，把你的感恩，把你的快乐和幸福重新打包，带上你的责任和义务轻装上阵。丢掉的东西并不可惜，因为你拥有了更多的东西！这样我们就会感受到更多的快乐和满足。沉淀下来，思索自我，思索未来。

　　人是要成长的，我想我现在就在成长，不是身体的成长，而是来自我心灵的成长。时间是不等人的，我要做的是去追赶时间的脚步，沉稳地面对前方，不管前方是否有荆棘，是否有险阻，我要做的只是继续前行。

子中于贵阳随笔

2014.7.15

我在坚持，用一颗团结的心。虽然相距甚远，可我从未忘却有你们的真心相伴，累了就鼓励自己。

我在坚持，用一颗火热的心。青春不会寂寞，梦想不会虚无，只要懂得付出，欢呼和掌声，不仅仅是别人头顶的春天。

我在坚持，用一颗真诚的心。直到遇见，即使委屈，那也是幸福的伤感，低头，是那抹你守候的灿烂。

我在坚持，用一颗感恩的心。每一个人都有一段悲伤，可以看透，但无须说穿，今天给你一滴雨露，他日还人家一汪大海。

我在坚持，用一颗挚爱的心。那一张张天真无邪的笑脸，是最舒心的温暖。

坚持是什么？坚持，是一个过程，一个持续的过程；坚持是一丝清泉，能浇灌枯萎的人生；坚持是一记标识，能指明前进的方向；坚持是让梦想实现，让世界看到你；坚持是人生的一种严峻的考验；坚持是柳暗花明又一村的途径；坚持是到达成功彼岸的动力源泉；坚持是胜不骄，败不馁；坚持是把希望变为现实；坚持认真做好每一件平凡的事就是不平凡；坚持重复做好每一件简单的事就是不简单。

子中于贵阳随笔

2014.7.10

　　很多时候我们没有必要刻意去勾勒未来的轮廓，因为太多的未知无法预料。能够把活着的每一天过好，给自己一份舒畅的心情，给他人一抹阳光的笑意，也是给予生命的尊重。快乐就像闲暇时的一杯茶，品的是一份安逸，喝下去的是舒心。幸福就是饥渴时润心的一杯清水，喝下去的是平淡，赢取的是感激。生活就是这样，你少了一份挑剔，你就多了一份心安，就赢得了一份默契。做一个热爱生活的人，用坦诚的心迎接晨起的朝阳，用感恩的心握别晚霞。

　　生活是勾勒不完的七彩色调，是苦辣酸咸的牵绊。人生是本书，读的是激情，墨染的是平凡。生活不能像行云流水那么安适，但可以努力营造一份小桥流水的恬静；给生活一份清新的韵色，让生命在快乐中清逸而悠远。生活就是一个拥抱，一个笑脸。日子就是这样，你复杂了它就复杂，你随性了，它就简单！

　　生命容不得迟疑，转瞬韶华即逝，我们辜负不起人生。岁月的征程刻写着喜怒哀乐，今天走过就握别了一道路过的风景，经历塑造了生命的稳重，得失的重叠让我们懂得了感激和包容。经年走过，已不再为悲喜交集，而盈怀了一份生活的底蕴，在年轮中刻上了精美的图层。

子中于贵阳随笔

2014.7.8

听着《十送红军》感受流年的尽头，细数往昔，故事在继续，生活最终又回到原始的节奏。时光的列车呼啸而过，茫然无措地到站。一沙一世界，站在光阴的彼岸，风夹着细小的沙尘，拍打着我的脸，满天的风沙弥漫出一张寂寞纯粹的脸。没有永恒的青春，只有永远的记忆，很多人走过了青春的路口就此散落在天涯。也许，不是青春的忧伤让我们不能忘记，而是青春的快乐不让我们忘记。

把不快乐的往事彻底遗忘，让自己保持一份恬静的心态，去勇敢地面对未来。岁月掠过时间长河，苍老了青春的容颜，不再年轻的心，容不得自己任意悲伤挥霍。即便找不到一个快乐的答案，来改变音符的旋律，也要流着眼泪笑着对自己说"我很快乐"。

谨以此文，献给最美好的青春年华里，倾尽所有青春献给事业的人们！

子中于贵阳随笔

2014.7.7

生命若歌，起伏跌宕，声起声落，我们每个人都是歌者；浮华尘世，生命如茶，或浓或淡，或苦或甜，需要我们用心去品尝。记住该记住的，忘记该忘记的，改变能改变的，接受不能接受的。也许，我们无法把握未来，但我们却可以左右现在，常常不自觉地想，今生逢着的人，遇见的事，是不是冥冥中早已注定？人生原本就该有很多的磨难，只是，没有什么伤痛值得我们倾尽一生去背负。哭过了，才更懂得笑容的灿烂；失去了，才更懂得什么叫珍惜！浮华三千，只做自己，红尘纷扰，我自安然。

子中于贵阳随笔

2014.7.5

人生可以平平凡凡，心灵安然若素，一个人知道自己为什么而活，就能享受任何生活。守得住寂寞享得了长远，无论何时抱着自己坚持的信念，总会有不期而遇的温暖和生生不息的希望。宇宙空间何其大，生命之旅何其短，总会有些求而不得。人生苦短，需要自律，需要取舍，需要感恩，需要懂得。要有所坚持，有所不为，有所珍惜，更需要懂得满足！

子中于贵阳随笔

2014.6.23

　　慢慢地明白，人生，原来就是一个"懂"字。世界很大，个人很小，没有必要把一些事情看得那么重要。疼痛、伤心，谁都会有，生活的过程中，总有不幸，也总有伤心。有些事，你越是在乎，痛得就越厉害，放开了，看淡了，慢慢就淡化了。只是，我们总是事后才明白：懂生活，很难；会生活，更难。

　　许多人过日子总是很累，不管身边人做什么，都让他劳心劳力、伤心伤神。其实这世上，哪有这么多不如意，只不过是你的心思太重，想得太多而已。有些小事，想多了就变成大事。有些细节，想重了就变成惨剧。说来说去，全是幻想而已。所以说，人重累人，心重累心。

　　做人要放轻松。有些事，轻轻放下，未必不是轻松。有些人，深深记住，未必不是幸福。有些痛，淡淡看开，未必不是历练。坎坷路途，给自己一份温暖，风雨人生，给自己一个微笑。生活，就是体谅和理解！每个人都有孤独的时候，要学会承受人生必然的孤独。过了，才能看见美好。活得平和，才能在心里装下满满的幸福。平和的人，放得下，看得开，想得明白，过得洒脱。

子中于贵阳随笔

2014.6.20

很多时候，也许只是一念之间我们就放弃了最初的信念，跟着一群浩浩荡荡的陌生人去追寻属于别人的幸福。事实上，只有坚守住自己最初的梦想，我们才能划向幸福的彼岸。

人生在世，似乎时时刻刻被一种无形的东西牵动着，那就是我们的心情。平时，我们闲聊时总是会关心地问：今天心情如何啊？虽然只是一句普通的问候语，却显示了我们对人生的关切，也道出了我们对人生的珍惜，更加说明了我们对人生的那份享受与关爱。

子中于贵阳随笔

2014.5.22

　　整理完手中的资料，突然想不起是哪一年，只记得很年幼，突然有一天想起一个问题，人为什么活着呢？当时想想很可笑，活着就活着呗，管他为什么呢？于是这个问题被我淡忘了。若干年后的今天又一次突然想起那一天，感慨良多。

　　曾经活着是为了朋友，那时我们互相叫作兄弟，甘苦与共。后来，朋友活着的还在活着，各奔前途；曾经还为了尊严而活，一定要在别人的面前证明自己不是无所作为。于是我努力工作。使理想从空白变得模糊，从模糊变为现实。

　　现在我为责任而活着，可能是一种超然，一种淡化，一种实现责任后的平静。

子中于贵阳随笔

2014.5.20

人生在世，注定要受许多委屈。而一个人越是成功，他所遭受的委屈也就越多。要使自己的生命获得极致和炫彩，就不能太在乎委屈，不能让它们揪紧你的心灵、扰乱你的生活。你要学会一笑置之，你要学会超然待之，你要学会转化势能。智者懂得隐忍，原谅周围的那些人，在宽容中壮大。

面对困难，微笑含着勇敢；面对挫折，微笑带着自信；面对误解，微笑露出宽容；面对冷漠，微笑洋溢热情；面对朋友，微笑传递真诚。

子中于贵阳随笔

2014.5.19

人生驿站，那些路过的，停留的，无论唯美或忧伤，都是人生里的一道风景。选择坚强，路还是得照常行走。

有些故事虽没有好的结局，但是，起码给了我们生活中美好的记忆；有些人，虽已走远，但至少给回忆增添了回味的暖意。岁月遗留了太多的遗憾，苍白的时空里，再也看不见曾经的最初。或许，人生就是这样，不断的前行，不断的追逐，即使承载了太多的忧和喜，悲和痛，都只能留给时光去灰化。

如今，多少故事终已成为记忆，多少人也终在那些回忆里逐渐远去。似水年华，岁月终抵不过时光的漂洗，那些浑浊的光阴中只看见一些朦胧的影子，还在视线的距离里挣扎。

子中于贵阳随笔

2014.5.16

　　其实世间的事情原本都是很简单的，只是简单的事情被我们自己弄得复杂了。这其中有我们自己的因素也有外来的干扰。而大多数看似复杂的事情其实有很简单的解决办法，这办法，儿时单纯的我们用过，大了反倒不会了。

　　事情还是简单的事情，只是我们自己变得复杂了。

子中于贵阳随笔

2014.5.12

　　我们生活在五欲六尘中，每天都有很多的心情产生，为了感情或为了事业，这些心情一直纠缠你，让你不得安宁。有智慧的人，会把影响心情的事物看破，视若无物，直至心情随时产生、随时放下，这样的人始终是快乐的。但这样的人犹如凤毛麟角，更多的人则是被这些事物所牵绊，身心不得自在。心情随时产生、随时放下的人，是有大智慧的人，他们的一颗心恒常住在快乐之中。这样的大智慧我们没有，当不好的心情产生，而又放不下的时候，我们不妨先把它们收藏，冷淡、冷淡、再冷淡，等时过境迁，最后把它们彻底放下。只有这样，我们才容易找回曾经的快乐。

子中于北京随笔

2014.4.23

　　人生有晴天，亦有阴天，不总是一帆风顺的。当你掉入泥沼之中，别老是想着靠别人，要知道那摆渡生死的小船正握在自己的手中，你唯一要做的就是如何战胜自己，摆渡出去！

　　人生是我们走过了这一辈子所经历的回忆，犹如一部自编自导的电视剧，有喜、有忧、有笑、有泪，在这部纪录片里，收藏着自己的点点滴滴。

子中于北京随笔

2014.4.17

　　要做一个真正的智者,得先做一个真正的愚者,哪怕这个"愚"是装出来的。这个社会千姿百态,你不可能让每个人都了解你。但如果你自己渴望立足社会赢得别人的尊重,那么你就得学会装"笨"。只要对自己有信心,那么旁人一时半会儿的评头论足根本不用去理会。因为别人不理解你,了解你的人只有你自己,了解自己想要什么,不想要什么以及通过什么样的方式争取到属于自己的东西,这就叫装笨,这就叫以不变应万变。人的心情应该由自己决定,而不是由他人决定。心情决定行为,行为决定后果,后果体现理智与否。只有那些处变不惊的人,才是真正的智者。生活中做一个真正的智者吧,只有真正的智者才可以坚定自己的步伐。

子中于贵阳随笔

2014.4.16

忙碌是一种幸福，奔波是一种快乐。忙得有目标，忙得有期望，忙得有价值，是一种幸福的人生。因忙碌而收获的丰硕果实为人生赋予了精彩的意义。

我们常常看到的风景是：一个人总是仰望和羡慕着别人的幸福。其实，每个人都是幸福的。只是，你的幸福，常常在别人眼里。

凡事皆有极关键之时，抓得住的，便是明者；凡事皆有极困难之时，打得通的，便是勇者；凡事皆有极重大之时，沉得住的，便是静者；凡事皆有极复杂之时，拆得开的，便是智者；凡事皆有极矛盾之时，看得透的，便是悟者；凡事皆有极寂寞之时，耐得住的，便是逸者。

子中于北京随笔

2014.4.10

　　初春的天有着所谓的倒春寒。额前的头发，在风中凌乱地飞舞，激起生活的热情。

　　现在开始进入新的一年的工作、学习或者新的生活中，但似乎很多人还停留在长假的状态，一切都乱乱的，理不出一丝头绪。

　　顺着飞动的尘烟望去，看到街边忙碌的人们，春的迹象还没有显现出来，显得那么孤单与荒凉。或许，一些美丽，终究会被时光湮没。正如，人生的许多相逢、初见，都是惊艳的美丽；而后，渐渐的就有了距离。许是，人与人之间始终都有那么一些不可跨越的鸿沟。所谓的相逢与离去，只不过是一种替代的转换过程，谁也无法预知未来还会发生什么。

　　记得有首歌曲，说时光是小偷，偷走了我们的许多，有时候仔细想想可不就是这样嘛。时光带走了很多，只留下我们自己。

　　走过2013，进入2014。曾在心里默默地为自己做着总结，几多收获，几多失落。遇见的人，遇到的事，都一一浮现在脑海中。似乎已成长为身体的一部分，沉淀在身体的某一处，静静的。等到来日，某个春暖花开的日子，或许会再次温暖自己的心。

子中于北京随笔

2014.4.2

　　伫立于岁月的深处，让心每天开出一朵花儿，微笑向阳。那晴好心情，那释然一笑，那淡泊情怀，那清明心境，便是岁月沉淀后的我心安暖。想以一纸素笺定格住岁月的美好片断，想以一支拙笔书写岁月的浅显感悟。在蓦然回眸时，细读岁月留下的那一页油墨沉香，那时会不禁拈花微笑，感叹岁月依旧静好若初。许多人，许多事，许多曾经花发枝满的渴求与憧憬，依然在岁月的长河中缓缓流过，又默默回溯。

子中于北京随笔

2014.3.30

那些穿行在凡尘的众生，每日在忙碌地编排一场叫作生活的戏。

走过许多座桥，看过无数流云，经过千百次聚散，有一天，是否需要摘下人生的面具，做回纯粹洁净的自己。在菩提树下淡然修行，看青山遮日，绿水无波。那些曾经说好了，在人间同生共死的人，最后也只是一笑作别，江湖相忘。也许某一天在路上，会再度重逢，但早已忘记昨天的海誓山盟，各自安好。

菩提树下，多少冥顽不灵的生命，都可以得到顿悟。他们开始尊重每一种生灵，开始相信世间所有的一切，都是自然天成，没有丝毫造作。

感动是一种幸福。在尘世的垢泽里，在我们麻木的情感中，感动如钻石顽强地闪烁着璀璨的光芒。当我们为阴雨中傲然怒放的野花心动时，我们想到的不仅仅是花的勇气，更多的是生命的顽强；当我们为蹒跚学步的孩童鼓掌时，我们看到的是生命的美好。

读小学那年，一向自诩成绩优异的我因不耐烦老师反复评讲试卷小声嘀咕了几句，结果同桌告发，当场被赶出教室，试卷成绩改为零分。孤零零地站在教室外，我感到奇耻大辱，双目含泪，顿觉万念俱灰。无聊之极，抬头看到校园里那棵巨大的黄桷树，前两天还满是枯叶，似乎马上就要枯死的老树竟然满树新绿。那晶莹透亮的绿叶如翡翠般闪动着耀眼的光泽。我家就住在学校边，每年都看到这棵老树枯去又重生，那一天，我莫名地感动了：老树都能焕发新生，何况年幼的我？于是，我擦干眼泪，背着书包回家了……在后来的人生中经历过更多的挫折和失败，哪怕是遭遇多重打击之时，我都没有放弃过希望，失败如枯叶，落下了，迎来的将是新生。

子中于贵阳随笔

2014.3.21

　　今天是到达贵阳的第二天，贵阳天还是那么蓝。努力成功的地方，岁月的脚步在回忆。是的，岁月有的时候会很无情，它会无端地对你演绎生离死别的故事，给你一种痛彻心扉的哀伤。而不知不觉间，慈祥的父亲已经把人生的感悟悄然地用沧桑的手法刻录到我的脸上。在失意孤寂的时候，我们如果能够抽点时间去神游往事，或许会真正领悟到生命最原始的意义，也许还会调低一些并不符合实际的追求和目标，还给自己一些淡泊和安详。也许还会像我一样，发自内心地释然一笑。

　　往事如烟，岁月无痕，夕落瘦水凝眸处，多少回忆值得我们去梳理，多少时光值得我们去追寻，人要学会坚持。

子中于贵阳随笔

2014.3.18

　　很久都没有写东西了，被搁浅的那些零散的思绪好想需要一个归宿。选一个安静的周末，窝在床上，听一些似水流年般的曲调，无关痛痒。怀念那些渐行渐远的人和事，以及那些最初的纯真与感动，记住人生路上的那些酸甜苦辣，还有那些给过你帮助的人。懂得珍惜身边的微小感动。未来的日子那么长，长得足够让我们忘记所有的不愉快，去追求自己想要的生活。祝所有朋友工作顺利开心！

子中于北京随笔

2014.2.10

　　喜欢雨是因为它那来而不报，去而不恋的性格。喜欢雨后那树叶上晶莹的小露珠，在耀眼的阳光下闪烁着独特的美，无任何杂质与色彩，如同沉思的心灵一样纯洁；喜欢雨后那山间静默的小路，雨抹去了行人匆忙留下的脚印，再也看不到当初那狰狞的脸颊，湿润的土壤里找不到一点尘世间无情的冷漠与阴暗。

　　那些走过的生命的旅程，那些过往的人和事，那些时代留在深处的记忆，对你们给予我的种种赐予，我没有幽怨、没有遗憾，有的是深深的感激。因为毕竟是你伴我成长、使我成熟，使我真正懂得了生活，懂得了珍惜。真诚地说声，感谢你生活。

子中于北京随笔

2014.1.10

　　思绪飘过心情。心间，美丽的思念就长了翅膀，飞翔着一种缠绵，渴望着一种温柔，心情随着思绪慢慢飘散开来。触及我们的从前和现在，一种幸福的感觉荡漾在我的心田。思念不尽，还有一种甘甜萦绕在我的心里面。缠绵无尽的温馨，思念着我深深的爱恋，你是永远也走不出我的视线，因为我已经把你放在我的心里边，享受着你的点点滴滴。

子中于北京随笔

2014.1.9

　　转眼来贵州已经两个月了，听着苏夏《我在贵州等你》这首歌，整理了一下思绪。若是以前我会非常讨厌无缘无故的等待，可是现在我已经习惯，并懂得享受这种等待的心情了。因为我发现生命中有一半的时间都发生在随时随地的等待中。

　　童年时等待着长大，长大后等待着自己家人出现。无论是情感还是生活都因等待而充满着希望。不知从何时开始，我发现那个等待的人总是我，时间每过一秒，我沮丧且深深厌倦着。每次我都提醒自己，让自己不要成为下次等待的人。可是后来我发现，等待是一种习惯，习惯是一件根深蒂固的事情，很难改变。所以我尝试接受这样枯燥的事情，并让它变得美好。年轻的等待是躁动的，是跳跃的音符。未曾饱经风霜的脸上，闪现的是焦急，没有任何雕刻的痕迹。等待只是为了下一个冒险，尝试新的人生体验。

　　一路走来，我也经历了许多等待，有时是为一个答复，有时是为一个承诺，更多的时候是在等待一个理想。有时是在机场，有时是在车站，一个电话，一个身影，都会让我收获等待的回报。

子中于贵阳随笔

2014.1.6

　　其实不管你以什么样的态度对待你的人生，最终我们都是在寻找适合自己的一种生活方式。社会，本身就是一个矛盾体，所以生活存在一些压力也是很正常的。但是我觉得在这些压力面前更重要的是你应该寻找一种适合你自己的减压方式，因为你得继续生活。而前方还是会有不断的新的压力随之而来，如果你总是在解决的同时把那种压力的情绪压抑在心里，那么倒下也只是时间的问题！

　　人生如梦，梦如人生，唯有懂得珍惜、宽容、理解、谦让，才能真正拥有一份宁静、一份平淡、一份真情，才能容纳布满尘土与风霜的笑容，也才能让我们的爱心永恒。

　　一切的远或近，拥有或失去，都不是至关重要的。让其自然而然，沿着心的方向走，不管多大风雨，多大艰难，感知一份真情，感受一份真爱，才是这人生的精彩。

　　人在本性上其实是具有享受朴素的天性的，能够享受朴素的人更能体味人生的真谛，更能惬意地享受人生。

　　　　　　　　　　　　　　　　　　　　子中于贵阳随笔

　　　　　　　　　　　　　　　　　　　　2014.1.3

　　2013 再也回不来了，只能回忆过去沉淀出那些被遗落的值得珍藏的宝藏。而我们每一个人无论舍得与否，都只能挥手向 2013 说声再见，然后向走来的 2014 说声你好。

子中于北京随笔

2014.1.2

有人说，生命就是无数玩笑的堆积。太多的波折让我们无奈、悲伤、迷惘……但，你有理由难过，就一定能找个理由快乐。是的，多姿多彩的世界里，一定有一个理由让我们回到纯真。

纯真，是人性世界里的一片晴空、大漠；又或者是一片原野，一块空灵天地；还是一泓使人复苏的净水。人生如果没有纯真情感的守望，没有坚守，那希望与成功就可能成为过眼烟云，烟消云散。

子中于北京随笔

2013.12.26

　　这一年过得太快了，我坐在办公室，整理资料。突然想打点字记录一下，远方的朋友你还好吗？

　　人生存在于天地之间，生活于大千世界，总是需要朋友的，朋友可多可少，可疏可近，只是不能没有。无法想象一个从未有过朋友之谊的人，会如何处理好与己、与人、与社会所有的千丝万缕的关系。

　　朋友是什么？朋友——是时刻令你觉得充实，即使不在你身边你仍感到他存在的人；是你无论快乐还是忧伤的时候都忍不住要与他分享的人；是你忙碌时即使忽略了他的存在，他也不会介意的人。朋友是你幸福岁月的默默祝福，是你在苦恼时一声温柔的问候，是你苦难日子里强有力的支撑。

　　朋友的基石是真诚，是纯真、纯洁、信任。在我们周围，有的人彼此认识一辈子，还是熟悉的陌生人，有的人仅见过几次面，却已是终生不渝的朋友。生活在这个世界上，你会为了某些原因而努力工作，但当你疲惫不堪时，朋友会给予你信心、勇气以及力量。朋友是生活中支撑你行走的支柱，有支柱你就有克服困难的力量，你就会勇敢前进。

子中于贵阳随笔

2013.12.25

　　我懂得，没有一整个冬季霜雪的孕育，我们或许看不到春花的美丽；没有夏季骄阳的炙热，我们或许就没有金秋收获的喜悦。潮涨潮落，云舒云卷，心情如同大自然的生物钟。

　　来到这个世界，我们就一直在路上奔走。春花、夏荷、秋叶、霜雪，最终在百转千回的重复后，我们才开始回味生命的真谛。擦肩接踵永远向前不息的人流，迥然不同对待生活的态度，晕染在繁华都市的街头巷尾，不管你愿意不愿意，你都得看到或接受。

　　偶尔会想想曾经一起走过的朋友、同事、同学。相识是一种缘分，短暂的时日有苦有笑。那些幼稚的笑脸也洋溢出不同的人生，起起落落的人生或许更精彩。

　　我又一次想到了这一年多的很多故事，大家都挺好，而好几年没有联系朋友还好吗？或许我们不经意的相识，偶尔的打打闹闹调侃人生，却也不经意地被储存在了我的脑海里，从此在心里蔓延。希望大家圣诞快乐，开开心心！

子中于贵阳随笔
2013.12.24

很欣赏"在路上"的感觉，有种从容不迫的味道在其间，不急不慢，走着思考着。可是红尘你我，岁月的使命在催着，总是不得已之间又启程，继续奔跑。

岁月究竟是什么，我至今没搞懂，有的人自以为懂了，可真正懂的人又有多少呢？每个人都是一根岁月的蜡烛，燃尽了，生命宣告结束。我们的一生由无数的岁月碎片组成，每一个碎片毫不留情展示着人生的喜怒哀乐。从这点看，岁月是现实的、客观的、无情的。

花开花落，云卷云舒，岁月在季节中轮换，自然万物，人间百态无不在岁月中循环往复，生生息息。岁月中的我们，有成功，有失败，有芳华，亦有病态，这些于某个个体可能很重要，但是于岁月，稀松平常。岁月就像个慈祥的老人，静观这些，不时给人们一些生活的启示，以让得意着的人们，多些忧患意识，让失望的人们可以重新起航。

"以其变者而观之，则天地曾不能一瞬，以其不变而观之，则物与我皆无尽也。"洞悉了这一切，岁月于人们，也就无甚深奥的了。

关上宾馆房门，将时光与喧嚣轻轻隔阻开来。将自己融合在狭小而又寂静的房间里，漫过心房的是悠然、静谧，和无可比拟的惬意。

子中于赤峰随笔

2013.12.18

贵阳又是一个阴雨天，也许人的心也像天空一样善变，也会受天气的左右。

思想就像一个不安分的灵魂，我们永远捕捉不到真正的它。

踏过人生的三十二个驿站，有过几多无奈，几多辛酸，时间在无声中逐步风化，岁月将年轮无情地刻画在脸上！

子中于贵阳随笔

2013.12.17

在快节奏的当代社会，每个人都以自己独特的方式活着，不管是幸运还是命途多舛，大家都在不断地努力。或是为了自己的梦想，或是为了达成父辈的期望。一个人在别无选择的情况下也能坚持下去并激发巨大的潜力，不是因为坚强而是因为感悟到了生活的本质——生存。

因为外在的事物给我的快乐是短暂的，而对于我以及每一个同龄人来讲，我觉得内心的喜悦才是我们持续不断努力的源泉。如果你不能得到内心的喜悦，那么你可能已经迷失了自我。迷失自我的人是不能深层次地感悟生活的。

子中于贵阳随笔

2013.12.12

　　夜静静的，我能听见自己的呼吸。铺开的记忆，将那曾经的往事一点一滴地展开，一段段，一桩桩，很清晰地在记忆里闪烁。时光荏苒，我已不再是从前的那个流浪、无知、轻狂的我了，年少的冲动悄然游走，心中只想拥有一份平静。在人的一生中，不是所有的梦想都一定能实现，不是所有的梦想都能赢得掌声，留下一些念想，便有了一份深刻的记忆。

子中于贵阳随笔

2013.12.8

以酒浇愁，酒后愁更愁，知之也忧，不知更忧，只怨你跟我说了开头！

以此赋诗一首：

酒后心情

雪夜风花自古情，多情病酒药中汤。

醒来寂寞三生寞，睡去繁华一梦场。

市井悲欢看镜痛，宫廷离苦谁能受。

清浊演绎人间事，月落无声照旧欢。

子中于贵阳随笔

2013.12.4

人生就是在艰辛中感受到它的不平凡，人生就是在平平淡淡中感受着它的真实。

踏着历史的尘埃，背负着昨日的悲伤和喜悦，我品味生命中的心境，沐浴着今日的阳光，带着心中的梦想，不断地追求。

人生的旅途，总是蜿蜒曲折坎坷不平的，要有宽广的胸怀、远大的理想、顽强的意志和坚韧不拔的毅力，要用笑脸去面对现实，用微笑去对待生活。

子中于贵阳随笔

2013.12.6

　　面对阳光，也是珍惜生命。意味着我们的生命没有虚度，生活过得充盈。生活因为有阳光而绚丽多彩，生命因为有阳光而激情四射，激情创造未来，炫彩点缀生活。

　　当我们的心灵长久地沐浴在阳光里的时候，我们就更容易成功了，沟壑也变成了通途。如果坎坷我们都能走得过，也不再计较得到的和失去的是否对等，那我们就可以少些无奈，少些哀怨，生活也会充满阳光，阴霾也自然能消散。

　　一晃，三十余载就这样匆匆别过，不待年华苏醒，光阴却早已向前推进，只留下涂白的记忆，穿梭在时光的空隙里，去苦苦追忆那些如风往事。努力奋斗吧人们！阳光在希望就在，坚持就是希望！

子中于贵阳随笔

2013.12.2

也许习惯了就会成为一种自然，也许习惯了就很难改变，也许习惯也禁不住时间的检验，也许有时候有些习惯要试着去改变。

沉默，是一种智慧。生活中难免磕磕绊绊，难免发生嘴角，那是因为生活并不一味地只有甜蜜，适当的苦口才会让生活更有意思。但喜欢争吵、辩论也许是人天生的秉性。生活中不需要解释，懂你的人自然知晓你意，那些不知的人，就更不需要向他解释了，因为没必要。生活不容易，选择了就别太介意，习惯了，释然了，所有的一切也变得平淡了。

也许只有农村适合我，也只有农村肯迁就我，包容我。曾经的一切已淡然，这才明白一直追寻的也许只是感觉，因为无法摆脱现实，现实我选择创业，而现实就要平平淡淡才来得真实。做真实的自己，努力去回报关心、帮助你的人！

子中于贵阳随笔

2013.12.1

　　每过一段时间就要好好地反思自己的生活，自己哪里做对了，哪里还要改正，是否要做些重大的改变。

　　要把自己的事情干好，不可以把太多的时间浪费掉。人，之所以有所作为，一个重要的原因就是人懂得反思，去思考自己的过失，去做得更好。

子中于贵阳随笔

2013.11.28

　　不管什么时候，不管做什么，或许我们都不应该太注重结局，而是要更多地关注过程。不管是痛苦还是快乐，经历了，就是你的财富。过程可以由好变坏，也可以由坏变好，把握好过程，也就把握住了未来。

　　我们都生活在过程里，所以过程很重要，我们都要善待过程。

　　人生路上的每一步落脚都是在为我们积累经验，让我们成长起来，在成长的过程中自然会发生很多改变。

子中于贵阳随笔

2013.11.26

　　人生如茶！饮酒是自欺、自醉，品茶则是自醒、自解。世间之人，多半恋酒，认为一切烦恼之事，可以因为酒而忘掉，却不知醉后愁闷更甚。品茶的人，则是深邃纯净之人，在一杯清澈的水中，禁得起世间的诱惑。任凭世间风烟弥漫，只在一盏茶的柔情里，细数光阴的淡定。

　　不一样的心情，不一样的环境，不一样的时间，它给你的是不一样的感觉。每个人的人生旅途，不可能永远一帆风顺，有欢乐，有痛苦，亦有麻木不仁，感觉不到生活的温度。对于种种得失荣辱、用不着太放在心上。被众人恭敬、名利双收时，没必要心生傲慢，因为这个会过去的；穷困潦倒、山穷水尽时，也不必痛苦绝望，因为这个也会过去的。如品茶一样品味人生，宠辱不惊、笑看成败，这才是人生的一种境界。

　　如果大家有空，欢迎来贵阳，如果你正好路过此地，那就稍留片刻吧，这里永远有一盏茶为你准备，你不是过客，是归人。在人成长的所有阶段，孩子和老人，在心灵的领域里，比起其他阶段的人来说，自由得多了。因为他们相似。岁月在于流逝，春花、秋月、夏日、冬雪。怀一颗虔诚的心，品茶，品人生。

子中于贵阳随笔

2013.11.23

　　喝酒以后就会想夜。坐在办公室外面，喜欢在暮色浅浅的时候，坐进一缕晚风里，看烟霞晕红的夜，怎样点点凝重。

　　夕阳已坠，许多黄昏时的故事冉冉升起，心房不可遏止地被记忆点亮。闭目，听见云朵哗然消瘦的声响，为我驻足过的那片烟云，正散落一地的橘黄。远处的风景隐没。近处的风，在我的视线上逐渐朦胧。霞光渐灭，几只飞鸟衔着一天的故事，向着家的方向急飞。微风阻止了漫步，夜空迷茫了人生，安静地站在夜空下，望着夜空，不是无聊，是思索未来，思索人生。

　　也许，人生不需要什么思索，只要你勇敢面对就可以，只要你坚强面对就可以，只要你朝着目标奋力向前就可以。思索多了，人生的道路中，阻力将更大。有规划并努力过的人生，才是完美的人生。朝着自己的目标奋力向前，此刻你的人生将更精彩、更有意义。

　　成功者之所以成功，是因为他们比别人付出更多，比别人放弃更多。有些事把握不了就把它放掉吧，这样会让自己更轻松。

子中于贵阳随笔

2013.11.21

在办公室，整理完要送去药监局的资料后信手拿起一本杂志，翻页，心却不曾一刻停留在纸页间，直至"假如生活欺骗了你"无意闯入我视线。

我想"假如生活欺骗了你"不要伤心，不要心急！忧郁的日子须要镇静、相信，愉快的日子即将来临，心要憧憬着未来。现在异常阴沉的一切都是瞬间，一切都会过去，而那过去的都会变成亲切的回忆。人，其实有时也是这样，踏进社会，在社会的渲染下，往往不能把持心灵的防线，原来的特色被社会同化了，原来的棱角被岁月磨平了。此时，已经没有了往日的气质，没有了追求，没有了想法，在一阵随波逐流之后，失去了原有属于自己的特性，与周围趋于一致，看不出任何差异。这样，人从一个原始的模型走进了另一个新的模型。没有差异性的人类社会，是社会的悲哀，因为人的多样性才是社会发展的基石；同时那也是人自身的悲哀，因为人已经失去自我，不知道为何而活。工作、生活、学习中都会有或多或少的遗憾，我想没有几个人会喜欢遗憾，但是它确确实实又是生命中的收获。

子中于贵阳随笔

2013.11.20

　　忙碌的一天结束了，一个人在办公室，夜静如水，听着降央卓玛《手心里的温柔》。在缠绵悱恻的音乐中，寂静的黑夜显得格外的唐突，夜凉如水。贵阳空气中的潮湿，与皮肤相接触，冬天的寒冷漫天彻地地袭来。

　　看着整理好的资料，当夜沉寂、归于一种空灵的状态时，我笑了。我的思想同样进入空灵。夜，于是，便格外地诱人。想一想工作、家人、朋友，心很静。夜静静地陪伴着我，默默地注视我、默默地注视着我每一个故事的开始和结局。

子中于贵阳随笔

2013.11.19

　　贵阳冬天貌似快来了，很久以前，不注重生活的品质，以为忙碌的生活就是生命的充实。当有一天，你发现生命的肤浅与背叛，突然就变得那么无助，差点迷失了自己。时间走得越来越快，走过了岁月，我们阅尽了尘事的从容与智慧，对生活的理解也更加深刻，不再感情用事，不再一厢情愿，不再活在自己小小的世界里。

　　时光在指缝中偷偷溜走，我们怎么抓也抓不住，回首，匆匆的岁月，刻了多少个稚嫩的脸庞，我们模糊了自己，模糊了记忆。你会不断地遇见一些人，也会不停地和一些人说再见，从陌生到熟悉，从熟悉再回到陌生，从相见恨晚到不如不见。

　　有些东西我们想拥有，所以多了一些盼望；有种梦想，我们拥有了又不喜欢，所以多了些无奈和感慨；自始至终，我们在寻求一种沉淀和美丽。

　　透透的阳光，透透的心情，没半点杂质，因为阳光在，我相信希望就在！

子中于贵阳随笔
2013.11.18

福美迪生物工厂早晨真是静呀！我七点半坐在办公室，整理资料，有点感冒，有点小忙碌。

一个人静静地听着歌，每首歌都带着情感，慢慢地回忆着脑海深处的记忆。歌里面记录着过去的时光，曾经的心情，珍藏着逝去的旋律，而那旋律再次弥漫我的四周。

也许语言并不是最重要的，重要的是那跳动的旋律下震撼人心的力量；也许我并不懂得真正的音乐，但我会听，用心去听，去体会，去感悟；去聆听别人的故事，别人的声音。

子中于贵阳随笔

2013.11.15

　　蓦然回首，不曾强求，看着那些老人，看着那夕阳，他们只是那样静静的，不知冷风横过，偶尔把拐杖挪一下，原来他们只是忆起曾经的风华，这些是幸福的琐碎。回眸，灯火阑珊处，细细看那些碎碎的清芬，似乎你就要遮盖我心底的那一片柔蓝，做着悄悄而淡定的牵引。或许，别离即近，初冬的更鼓敲得正欢。

子中于贵阳随笔

2013.11.14

活着，不是为了取悦他人，生命的意义不是把自己改变成别人喜欢的样子，而是尽力做一个自己喜欢的人。

生活终究是美好的，有阳光，有雨露，有白云，有清新的花朵。有的时候不快乐，是自己给心房筑了一道墙。揽一份诗意，学会风起的时候笑看落花，雨落的时候聆听心语。让每个素白若水的日子，有流过眉梢心底的浅淡清欢；让一些过往在时光的沉淀中释怀。

人生的故事有千百种，每一种都有不同的版本。人生就是一场修行，注定会经历千回百转，方能遇到一生的挚爱；注定要经历浮浮沉沉，才能领会生命的含义。

人生走到最后，都要回归朴素和简单，将日子过成一杯白开水的味道，才能品尝到生活真实的味道，幸福便会不期而至。只要心灵的清纯还在，便是人生不老的风景。

一直怀着一颗感恩的心，感谢那些从生命中走过的人，是他们带给过我们温暖，让我们懂得了珍惜与感恩；感谢那些一直陪伴在身边的人，让我们懂得了付出与收获；感谢那些曾经伤害过我们的人，挫折坎坷，让我们学会了坚强。

子中于贵阳随笔

2013.11.12

有时我们总会发现，生活中有太多的玩笑，这些玩笑不是别人开的，却是生活给我们的。所谓玩笑，就是当你遇到难处的时候，其他的难处也会接二连三地出现在门口，好像约好一样。其实，如果是这样，好事想必也是如此，总是扎堆而来。

生活这段路程总是那么奇妙，只是渴望在这段体验的路上，少一些重复与枯燥，多一些帅气与精彩。在体验的路上长一份智慧，少一份投机取巧。在这段路上，渴望自己尽快成熟起来，对自己的要求再高一些，做好自己，活出精彩的自己！不为谁，哪怕就为了自己不要无声息地活着。

子中于贵阳随笔

2013.11.4

　　感动往往发生在一刹那间：一个眼神可能让你忆念一世；一次资助可能让你感动一生；一句祝福可能让你温暖一世；一点宽容可能让你感激终生。

　　人生也许恍如梦般地就过去了，一转眼回顾过往的一切，原来磕磕绊绊的人生会被岁月的时间和空间所磨平，留下的是自己辛苦得来的一切，包括一家人的幸福。所以，我们为什么不用自己的心去温暖他人、去感动人生呢？

子中于贵阳随笔

2013.10.24

　　看夜色中的贵阳，思想未来，思绪就飘忽起来，超越目力所及的地方，到达森林的边缘。

　　喝酒会让我的心情激昂，曾和我崇敬的导师喝过一次，向他讨教生活的道理。他穿透烟雾和酒香的话语，始终铭记于我的心中：生活只是时间的珍珠项链，只是积累珍珠的一场戏剧。如果把人生当作文学的话，那么现实是新闻纪实，梦是小说，喝酒就是诗歌。生活在小说中的人物是梦想家；生活如同诗歌，长短不齐，前言不搭后语，就是酒鬼。喝酒的心情，在于一个故事与另一个故事的间隙处，梦与梦之间，借得诗歌的奔放或者婉约，让生活变得美好。请朋友不要喝多，喝到量最好！

子中于贵阳随笔

2013.10.22

　　散落的记忆，最后的享受与记忆。茫茫人海中，时间的荒野里遇到该遇到的人不早也不晚，没有别的可说，唯有轻轻地问候一声："哦 原来你也在这。"

　　贵阳下雨，清晨的一份惊喜。原来雨滴竟然是这样的寂寞。

　　时间老人毫无感情地转动着他那僵硬的手臂，不紧不慢地扭动着指针，在我还没有准备的情况下我的记忆就溜走了，这一年已过了一大半。

　　十二个月份，十二种心情，十二种颜色。一直相信，在这个世界上，每个人都是因家庭、个人责任、公司发展及中国梦在延伸自己的梦想，因梦想所以存在。不论地域的遥远或是时间的距离，峰回路转，狭路相逢，彼此遇见。生命就好像那摩天轮，浮沉轮转，可是我们却不小心转过了圈，顷刻之间便失去了各守一岸的时光，无法倒回。

　　一月：落宅这弥留的地方，虽然不是很冷，却一样的复杂。熟练的画笔下却是慵懒的心情。

　　二月：落宅的天气永远是不干净的，我一个人行走在这个寂寞的城市里，少了淡淡的哭泣，多了点思家的心情。

　　三月至七月：忧伤哀愁充满了我的整个心灵，删不掉，抹不去，早就知道自己的错误，却还要一直走下去，一切的一切已经过去，一切的过去都将成为回忆，都将尘封，不愿想起的，永远记住；不愿忘记的却悄悄地流逝。

八月：凌晨后的睡眠似乎已经习惯了，然而我知道我什么都没有了。

九月：我总是习惯安静地站在窗前，发呆；透过层层薄云的天空，开始思考发展及自己的责任。偶尔，回忆的片段会因为太过清晰，反而变得模糊不清，同样的不知所措……

十月：漫步走在工厂走廊上，原来流失的时间竟然这么快，我习惯了这样的生活，因为每天我的心情像浇了水的花，繁盛得那样美丽。

子中于贵阳随笔

2013.10.21

　　下雨天，洗去了大地的尘埃，让天地间焕然一新，更萌发出一种欣欣向荣的生机。

　　下雨天让我感受到了一种别样的温馨；下雨天让我理解了真正的朋友之情；下雨天让我领略了心灵的纯净美好。

　　雨洗涤了人们的心灵，使人与人之间流连着久违的情感——那就是爱！

子中于贵阳随笔

2013.10.19

　　常常想，如果人生不曾有过令人难忘和令人羡慕的过往，也不会有今日的无奈与彷徨。一个人往往随着激情的人生落下帷幕，内心的躁动总会在无言的平静中滋生。于是，一份飘荡，一份无助会萦绕心弦。

　　前行的动力和对未来的追逐以及走过的每一步，都是今生注定划过的人生轨迹，所以没有回返的机会，把握好自己将要面临的每一个角色，才会笑看人生的起起落落、坎坎坷坷。因为，无论付出了多少，得到与失去了多少，都已经镶嵌在过往的风景里，都会越来越好！

子中于贵阳随笔

2013.10.14

　　窗外，是另一种人生，而我独守自己的那份宁静。越来越明白：活得简单，才能活得自由，在乎的越多，割舍就越难，往往失去的也越多。寻一片草地，静静躺下，感受大地的柔软、蓝天的辽阔、岁月的平静。觅一片山林，静静聆听，感受风的旋律、雨的韵味、灵魂的净然。

　　有时候，感觉人生就像是一本书，这本书只有自己才能读懂，回望一路走来的跌跌撞撞，总有一些难以磨灭的东西或深或浅地留在我们的记忆里，有苦涩、有欢笑、有忧伤、有幸福、有感动、有泪水……在尘埃落定的安宁里，在可以从容回眸的记忆里，心安即是归处，于平凡中仰望幸福！

子中于贵阳随笔

2013.10.13

　　"活得真累！"有些时候我们会禁不住这样感叹，那些不顺心的日子，我们也总感觉活得真烦。在寻找了千百种理由之后，当我蓦然回首曾经走过的那些岁月，我惊异地发现，其实生活赐予我的，并没有与别人有什么不同。呈现在我们视野里的生活，每个人其实都一样，不同的仅仅是我们的胸襟中缺少一份"坦然"，因为生活里是没有旁观者的，每个人都有一个属于自己的位置，每个人也都能找到一种属于自己的精彩。

子中于贵阳随笔

2013.10.11

剖析自我是一种智慧。剖析自我，才能丰富自己去感知这世界的美丽;剖析自我,才能幸福快乐地生活在天地之间。剖析自我,才会深深地懂得：人如不饱尝人生的酸甜苦辣，就不会磨砺出生活的精彩，剖析自我需要学会感恩与包容。

置身于生活中，离不开与社会的交融，因而要心存感恩，感恩那些为你付出的人。同时，也要有较强的宽容度，宽以待人，包容一切。人活在这世上，要活出味儿来，要活出样儿来，而这些都需要以剖析自我为基础，然后得以完善。只有剖析了自我，才能让自我的人生更精彩!

子中于贵阳随笔

2013.10.10

　　人生本是一趟没有回程的旅行，如果继续为过去后悔，为错过哭泣，那美好的前景也终将会脱离我们前行的轨道。

　　行走在消逝中，体味那一份失意的辛酸，携一份赤诚之心，感悟生命的起落；行走在消逝中，接受洗礼，怀着一颗凝重的心，洗褪浮华，用一份真诚的豁达去感知世界，感悟心灵之渊；行走在消逝中，感悟一份真性，迎接一场新的挑战。

子中于贵阳随笔

2013.10.7

在我们的大脑里有数不清的片段残影，它们也许属于现在，或者属于过去。随着风声慢慢消逝，存在于少年时的悲伤也会慢慢愈合。那些属于少年时的记忆片段，那些点点滴滴的碎片，只有回忆才能让它们重见天日。在回忆中以旁观者的身份看待那一切，就如观看电影一般。我们应该把我们的青春记录下来，把那些飞扬和激流都保存下来。

子中于贵阳随笔

2013.10.9

　　我们来到这个世界，并不是为了吃苦，也不是为了痛苦。所有的人生，都是着眼于幸福，所有的生活，全是为了美好。我们努力辛苦付出，为的就是幸福，不要把大好的时光消磨在痛苦之中。人生苦短，痛苦也是一生，快乐也是一世，流泪不能解决问题，痛苦不能改变现实，你好家人才好！

　　生活在这个世界，没有一个人是没有痛苦的，没有一个人是不会流泪的。痛苦对每个人而言，只是一个过客，一种磨炼，一番考验。面对痛苦，不要一味难过，要振作精神，发愤图强。人生路上，痛苦是难免的，不要丧失信心，要坚信苦尽甘来。

子中于贵阳随笔

2013.9.26

　　在淡淡如茶般的回忆意境中，让生活中的点点滴滴，让思念的情感得到释然，情绪得到平静，心灵得到慰藉，这不能不说是一种快感，一种味道，一种美好（感觉）。所以，对我来说，幸福就是一种味道，一种感觉，一种安慰，一种来自彼此的关爱和真诚。

　　中秋刚过，但总是意犹未尽地沉浸在节日的气氛里。秋风，瑟瑟的，凛冽的，薄凉的，给我无限的思索，让我品味生命的味道；秋雨，凉凉的、随意的、任性的，给我无限的遐想，让我感受生命的饱满和快乐。

子中于贵阳随笔

2013.9.26

　　人生是一个忙碌的舞台，以怎样的心态去演绎，才能收到最好的效果，不留遗憾在人间？那就需要一颗善感的心，做好自己，有责任心，与人为善，广施博爱。学会淡然，不去斤斤计较，懂得放下私心杂念，努力工作，那么人生就会拥有更璀璨的明天。

子中于贵阳随笔

2013.9.22

　　生活有很多种味道，单纯不是傻，幼稚不是呆，富有不是才，贫穷不是罪。有个健康的身体，有个正常的心态，有个稳定的生活，有个疼爱自己的人，有个放松的地方，不就是一种幸福吗？虽然都是很小很小的事情，但都记得，这辈子也不会忘记，搁置在心里吧。在成长的路上，我们发现自己再也不能看清楚自己，对于自己也越来越混沌，什么才是心底最真的声音？什么才是自己想要的、能要的、该要的呢？对于前途，我们还有努力付出的决心吗？生活这个魔术师总会给你意想不到的惊喜，但也需要你自己细细去品尝。在实践中体验生活；在体验中品味生活；在品味中丰富生活！

子中于贵阳随笔

2013.9.20

　　什么是我想要追求和寻找的？ 迷惑的心灵飘进了一望无垠的大海，漂浮不定！ 醉后的洒脱心情，一种放纵无束的感觉令自己忘却了无尽的烦恼。把手放在自己的兜内，酒后才真正感觉原来自己的兜是那么的温暖！

　　静静地，把心交给这场伤感，就这样陶醉于一种孤独的宁静中！ 人体就像一台记录机，正常情况下，记录机的所有功能都在开动状态，也就是说，既有取景功能，又有录制功能。你所听到的、见到的统统被记到脑子里。这就是我们的记忆功能。喝酒喝到一定程度后，头脑的某些功能被酒精麻痹了，这个时候的人体就是一台只会取景，而不会录制的记录机，而你的见闻也没有被大脑记录。

子中于北京随笔

2013.9.19

　　中秋是一个想象优美的神话，一千年一万年脉脉相传；中秋是一段缕缕不断的眷念，一代代一茬茬浓情思念；一个民族赏月、品月的过程中，体验的同时也在展现一种韵味独特的魅力。又到中秋，又见明月，且让我们做成一轮圆圆的月亮，细细地品味人生的奥妙，感受生活的真谛。祝所有朋友、亲人中秋节快乐！

子中于贵阳随笔

2013.9.19

　　友情需要感情与理智共同塑造，只有理智过于生硬，只有感情缺乏方向。人们在建立友情的过程中必然要过这两关，只是二者所占的比例和程度不同而已。在理智上，低层次的单纯追求金钱、权力和漂亮的外表，高层次的追求理想、事业和高雅的气质；在感情上，表现单纯地追求现实直接的感受，表现复杂的会考虑到感情建立的基础、现实存在的可能、未来发展的前景。但最终感情和理智是否正确还要靠实践和时间来检验。

子中于贵阳随笔

2013.9.16

　　曾经我们轻狂却单纯，我们肆无忌惮地挥霍那些美好的日子，笑过、哭过、闹过，但是我们坦荡，我们快乐。临近毕业我们窝在一起边喝酒边哭得稀里哗啦，我们永远是天不怕地不怕的一群。曾经我们拥抱在一起，紧握着的手、重叠在一起的心永远炙热。那时候心里充溢着激动、感动。

子中于贵阳随笔

2013.9.15

　　心中有信念，我们的心中会多一份希望，这样我们会活得更快乐一些。也许我们的人生并不能取得多么好的成绩，但是我觉得一个人心中有了信念就拥有了自己的特点。心中有信念是对生命的热爱，是对自己负责，对股东负责，对家人及朋友负责。人会因为心中有信念，人生脚步更加坚实有力，让我们无悔地走下去，再回首时，我们的心中会多一份坦然，也会多一份爱。这份爱让我们懂得坚持到底，而我们自身更注重生命的过程，信念就是我们心中的一种动力，让我们的人生之路越走越好。

子中于贵阳随笔

2013.9.3

　　人生街道。倘若你心的领空固守一份空灵，你便会像看待一幅自然景观一般去看待人生，投入人生的心情就像一只鸟投入天空的心情。因为心是空灵的，于是向往一份博大，向往一份无穷，那飞翔的翅膀就会舒展得分外果敢且有力。空灵于人，终究是人体味生命或与生命抗衡时感情上的一种理智选择，是一种心态上的崇尚美好和保留美好！

　　　　　　　　　　　　　　　　　　　　　子中于北京随笔

　　　　　　　　　　　　　　　　　　　　　2013.9.3

　　放眼望去，田径深深，秋风吹落一地枫红。姹紫嫣红的枫林斑驳了谁的曾经，又渲染了谁的誓言。站在深秋的末端，抓一把秋色，掺一滴泪水，细细品着这季秋独有的清凉与忧伤。

　　秋风瑟瑟，落叶沙沙吟唱着生命最后的挽歌，似乎也在诠释着爱与不爱、分分合合都是我们不能逃避的宿命。秋意渐浓，又是一个四季轮回的年岁。回望曾经的誓言，犹如在空中轻舞的残叶，随风飞扬、陨落，最终化作红尘中一粒无人知晓的尘埃！斜阳熏染着大地，涂抹着生命最后的一抹色彩！飞雁低鸣，翅膀奋力划过无边的天际，可雁鸣声后却了无痕迹！

子中于北京随笔

2013.9.2

秋天总给我一种矛盾的感觉：既有丰盈成熟的美，又有凋零失落的愁。总希望生活可以浪漫些，生命可以精彩点，但行云流水般的日子就这样平淡无奇地走过。夜深人静了，望着窗外秋风阵阵，吹得树枝不停地摇曳，只有虫儿的叫声伴随着树叶沙沙的响声，看着树叶即将渐渐褪去充满生命的绿色，多愁善感的人对秋天也有着一种别样的心情。

子中于北京随笔

2013.8.31

　　是不是爱怀旧的人总是会莫名其妙地伤感？我就是个爱怀旧的人。陈年旧物总是牵扯我的思绪，想到了童年，想到了家人，想到了朋友，想到了回不去的自己。虽说人活着不能总念着过去，但是在特殊的时刻想起特殊的场景，流下不知不觉的泪水，还是让人难以忘怀。生理赋予了我们回忆的功能，或许是在提醒人们勿忘过去。生理赋予了我们回忆的能力，或许是在提醒人们勿忘过去。在回顾中成长，在回顾中前进。

子中于北京随笔

2013.8.30

　　从某个角度来讲，时间跟不上你我前进的脚步，但这只是相对的。大多数人把我们的前行视为不可理喻，不被他们所接受。我们压抑，艰难地一步步地在时间的黑夜里摸索着，做出了引起他人误解的种种行为。别人开玩笑般地看着我们在华灯下演绎着不一样的人生，新奇又否定着，而当这一切都慢镜头似的被时间追赶时，我们就成为处在时代前沿的先锋，被他人崇拜、赞赏，又成了他人盲目脚步的指引。

　　当时间的脚步再次前行时，我们如被虚荣羁绊，则一切都会成为往事，我们将会被蜂拥而来的脚印踩入黄土，这就是当下的情形。

子中于北京随笔

2013.8.28

　　悟懂是了解、明白的意思，悟懂与不悟懂是一对相对概念，因为没有绝对的懂或者不懂。"没有人懂我"这句话通常被用在感情失落或心烦意乱时，说是一种情绪或情感的判断，倒不如说是一种情绪或情感宣泄；抑或用在被伤害、冷落、孤立时，刚经历或正在经历一些不如意、力不从心之事，往往被人认为是看清一些东西、事物的时刻，理应懂得一些道理，总结出一些经验，以示对自身的负责和对有些事情寻找根源，给自己一个解释。经历过而得到的结论，时常被认为是经验之谈，加上当时的感情渲染，很容易受到影响而发出叹息，而有的叹调本身就是感性的。

　　有时，悟懂与不悟懂只在一念之间，但有人一念都懒得去想。

　　在生活中，我们要去悟懂生活，而不是让生活悟懂我们；我们要去悟懂别人，而不是要别人悟懂我们。在朋友、亲人发生争执时，在情绪激动时，总能听到"你根本不懂我"这句话，不知道是对自己不负责，还是对对方不负责，我看是对两个人之间的情感不负责，包括爱情、亲情和友情。

子中于北京随笔

2013.8.26

　　当然明白，生活的空间，须清理挪减而留出；我们也应当知晓，心情的空间，须经思考开悟而扩展。人生宛如一副牌，无论我们手中所持有的这副牌是优是劣，都要竭尽全力把它打得淋漓尽致。如同我们在生活中不论遇见什么状况，重要的是我们处理它的方法与态度。其实，如果我们愿意撤下心防，仔细地想一想，就不难看出生活中并非总是阴影重叠，当我们选择转身面对门外的灿烂阳光时，就不可能总是被暗影迷迭笼罩着。能够拥有一份好心情，不是因为我们获得的颇多，而是我们计较的很少。我们深深懂得，多，有时也是一种负担，是另外一种失去；少，并非真正不足，而是一种隐形的有余。很多时候，我们审时度势，选择了舍弃，学会舍弃并不意味着全然失去，而是一种宽阔。作为平凡人，我们要想拥有一份美丽的心情，就要仔细体味人生深厚的内蕴，慢慢地触摸生活真切的意义。

子中于北京随笔

2013.8.25

生存在于过日子，真的就是个心情，歌里唱的，剧中演的，或许会有那么点滴的情绪影射，却不是完全属于自己的，感慨过之后，就好好过自己的日子。无非就是一家老小，无非就是家庭工作，把公司做好，提高员工收入，让大家过好一点。而一切的一切，最终无非都落在了"心情"二字上。生活，不是件简单的事，没有太多的一帆风顺，也没有太多的心想事成，随时可能的"碰壁"反而会更多……

过日子，调整心态，保持好心情是很重要的。不管什么样的困难，不管什么样的挫折，总会有雨过天晴的时候，忧伤和埋怨解决不了任何问题，唯有积极面对。正如很多人所说的，笑对人生，这，就是一种积极的生活态度。当我们努力地克服了自身的狭隘自私，当我们努力地学会了感恩和知足，当我们努力地懂得了宽容与微笑，那幸福就会不期而至。

聪明的人是善于取舍的人，是适时取舍的人。感恩，知足，微笑，简单，这样方能赢得开心大世界。那么，简单而开心的生活便离我们不会遥远。

子中于北京随笔

2013.8.24

　　"你不可以改变环境，但你可以改变心情"。于破碎雕缀的梦中温一杯水酒，听一朵花开的呢喃！然梦总归是梦，再醇香的梦，也总有醒来的时候，在梦醒的罅隙中，捻一季，留有一颗纯自然的心情，这才是我想要的生活。

　　十年了，走了又回来，回来了又走，我从一个少年变成了一个不再年轻的"青年"。心灵漂泊了多年，有谁知晓这滋味，涩涩的，酸酸的。

子中于北京随笔

2013.8.23

　　人世间太多的感慨与遗憾始终逃不过一个"如果"；没有在一起过，不到最后谁也不知道合不合适；没有在一起过，不到最后不知道自己情归何处。

　　天边的耕牛融入夕阳的剪影；树下的小花尽显迷人的忧愁；风还是那般轻柔……这一切都是那样和谐、那样顺其自然。有缘终会缠绵，无缘思也枉然——又何必强求！

子中于北京随笔

2013.8.22

　　把每一天过好是最大的幸福，快乐源于每天的感觉良好。总忧虑明天的风险，总抹不去昨天的阴影，今天的生活怎能如意？总攀比那些不可攀比的，总幻想那些不能实现的，今天的心灵怎能安静？任何不切实际的东西，都是痛苦之源，生命的最大杀手是忧愁和焦虑。痛苦源于不充实，生活充实就不会胡思乱想。

子中于北京随笔

2013.8.22

　　岁月，无情地流逝，小时候的那种纯真，一去不复返。踩着青春的尾巴，我们慢慢长大了，可是，觉得别人离自己越来越远，你是否和我一样心痛过？那些曾经带给你感动的人，已经不知去向何处。青春，是否已经褪色。随着流逝的年华，我们谁都抓不住某些人、某些事？请珍惜每一个带给你感动的人，即使时间流逝，但年华已老时仍可慢慢回想。就算这个世界充满诱惑，就算这个世界有太多的无奈，但请珍惜。

子中于北京随笔

2013.8.21

　　忙碌也是一种充实。我们常常因为工作和生活的忙碌紧紧张张，而渴望闲暇下来。但当你从繁忙中走出来时，静静地思索，慢慢地回味，你会感受到忙碌是那么的充实、那么的快乐。忙碌的人是能干的，忙碌的人是勤快的。忙碌可以证明你的能力。我们忙碌，应该忙而有序，应该忙而不乱，应该在忙碌中享受生活，在忙碌中感悟生活。生活因忙碌而精彩，生命因忙碌而存在。因为忙碌我拥有了充实的心、飞扬的神采和自信的面容。因为忙碌，我体会到了自身的价值，感受到了生命的意义。

子中于贵阳随笔

2013.8.16

　　生病的时候很喜欢胡思乱想。时而怀疑是否有重病隐患，时而无助地相信人原本是这样虚弱，时而醒悟原来所谓的重要工作也不是那样重要，健康才是最重要的。生病的情感触觉是很敏感的，家人的问候、朋友的关心、医生的热情，都让我涌出很多感动和感谢；浑身无力的感觉，躺在病床上的无奈，都让我对健康有着无比的崇拜，而对自己的反思比任何时候都要深刻。

子中于贵阳随笔

2013.8.14

　　时间似乎是一本书，记载着昨天，翻阅着今日，时间地翻阅渗透的滋味越浓越密。生命似乎就像旅程，从稚嫩到成熟，从浮躁到淡定，从失败到成功，承载着生命里的每一个脚印。青春就像是生命之歌，是怒放的生命，离开青春，人生就没有五彩缤纷，没有艳丽花开。

　　我们是幸运的，也是幸福的。现在的每一步每一个脚印都在锻炼我们自己。每一个阶梯都要走，每一个步伐都要稳，每一次失败都要吸取教训，成功没有捷径可循，有挫折才会成长，有耕耘才有收获。青春不在，切勿责怪年少轻狂，那是年轻最明亮的标记；学历文凭不够，不要自卑不要妄自菲薄，岁月打磨，我们会得到满载的智慧和经验。

子中于贵阳随笔

2013.8.11

　　带着一颗虔诚的心感谢上苍的赋予，感谢生命的存在，感谢阳光的照耀，感谢丰富多彩的生活。朋友相聚，酒甜歌美，情浓意深，我感恩上苍，给了我这么多的好朋友，我享受着朋友的温暖，生活的香醇，如歌的友情。

　　每一天，我都充满着感恩情怀，我学会了宽容，学会了付出，学会了感动，懂得了回报。用微笑去对待每一天，对待朋友，对待困难，总会有一个好心情。

　　感谢生活，让我在漫长岁月的秋天里拈起生命的美丽；感谢有你，尽管远隔千里，在烈日里仍然给我温暖的心怀；感谢关怀，生命因你而多了份充实与温暖。

子中于贵阳随笔

2013.8.8

　　听着查干淖尔的歌曲，感慨道，有时候人生是一种感觉，生活是一种感觉，工作是一种感觉。这种感觉离不开喜怒哀乐。有喜乐的感觉就会有好的心情，好的心情给人一种自信，一种动力，一种创造力，一种改变。带着快乐的好心情去做任何事情，结果即便不是很理想也会是开心的！拥有快乐的好心情，就拥有美好的感觉！

子中于贵阳随笔

2013.8.6

　　谁曾经来过？又如梦境般远去？连梦都是缥缈不清晰的。所以怀疑是否真的到来过，而后又抽身离去。就是那么不经意，茫茫然，一眨眼，仿佛一个世纪。

子中于丽水随笔

2013.8.2

　　喝酒以后似乎就不是自己了，也许是自己找不见自己了，像一群无家可归的人，聚在一起，喝啊吼啊，最后东倒西歪。平时的各种压力似乎在这个时候需要宣泄，理智的人早就走了，各自归位他们应在的地方，留下的都在寻找内心挣扎的迷惘。有吼叫的，有哭喊的，有兴高采烈蹦到桌子上的，也有如死猪一般酣睡的，谁也顾不了谁，都在各自顾自己，在这暂时能逃避现实的地方寻找欺骗自己的安慰。当午夜最后的一支音乐响起，曲终人散。不管能不能爬起来都得挣扎着起来，用力睁大满是血丝的眼睛，看看自己该往哪个方向走。

子中于丽水随笔

2013.7.28

　　岁月是那么的自私，吞噬天地间的一切，在她的世界中只会更替世间万物，青春对于它只是一个轮回，你的走过了别人的会继续代替，无论你是多么的虔诚，无论你是多么的虚伪，该流走的毫不停留，她不会给任何一个人多一次机会。青春的年华拥有火一样的激情，而岁月好像是灭火器，燃烧了一段时间，又转回平静。

子中于丽水随笔

2013.7.27

一生，面对任何事物都是短暂的惭愧，可是面对时间，却是长久的低头，那种威严一直澎湃，蜷缩在一隅，仍然无法躲避它。襁褓里我们就闭眼沉思，深沉十月还不愿意醒来。我们怕一接触到那明媚的阳光，就会身不由己，那种天真让我们甜蜜地享受时间的摇篮曲。直到夕阳西下月色阑珊，我看到送别的惆怅，我看到相聚的泪涟，时间那只温暖慈祥的手悄悄地不知不觉地抚摸着悲欢离合，万千日月陨粒奔波着环绕，红尘如此的波澜起伏，撩拨着岁月，心疼着时间。

子中于丽水随笔

2013.7.27

工作以后才知道，年轻是一种资本，但同时也能成为别人偷懒的正当借口。所以要快乐，就试图丰富下自己的生活吧。最近经常听到一些朋友在抱怨自己的工作这也不好，那也不好，就好像他们的世界到了末日一样！不知道是不是没有身临其境的缘故，我竟然丝毫体会不到他们的那些惆怅！谈到工作的压力，我觉得既然来到这个世上，好也一生，坏也一生，有些事情既然注定了，刻意地再去追究也只是徒增烦恼罢了。

子中于丽水随笔

2013.7.23

　　安全感是呈现一种自信的方式，是内心有归宿感有信仰的一种呈现，真实坦然的人会自信，自信的人是有安全感的。因为他能承担一切，也愿意去承担。

　　善良，必须保持一颗没有瑕疵的心。善良，是用一颗质朴的心爱别人，与人为善、助人为乐，创造出一种人生美好的绚丽风景。

　　善良的人是有安全感的，安全感是善良人的保护墙。

子中于丽水随笔

2013.7.22

　　人生是一门艺术，从心理学角度来说，每个人都用不同的方式去寻求感觉，这也形成了我们各自人生的艺术风格。有人喜欢旅行历险，人生就仿佛一本游记；有人喜欢挑战输赢，人生就如同一场赌局；有人喜欢非主流、个性，那么，人生就是一场不断上演的意外。

子中于丽水随笔

2013.6.28

　　大家还是看出了我的醉意。虽然我极力掩饰，努力坚持，但是，我那绯红的脸庞却还是泄露了秘密，于是有人说："你醉了。"我不承认，仍然坚持说我没醉，他们笑了，说："没醉？但你却怎么也睡不着了，心绪也无端地变坏了，不知道你为了什么，也不知道你想做什么！"

子中于丽水随笔

2013.6.4

　　站在办公室窗前感到希望犹在的同时，更直观看到的是雨。我需要它给予我一丝温暖的呵护；又或者，急需它的温度来使我平静。雨在皮肤的纹理间传递着凉意，告诉我冰凉之感。世上万物，各尽其用，使人平静又诱人遁入思考。

　　此刻，我感受到这一番与自然的亲近，就像一位多年相处下来的老友间的详谈，和睦而亲近。

子中于丽水随笔

2013.6.3

雨落在白天，就湿了心中的尘熙，一份莫名的忧伤在清凉的风里，写意淅沥的诗境。一切都静了，喧哗都沉进了城市的水里，一切都流走了，只剩下纷飞的雨。雨天走出去，让所的郁闷在脚下流淌，那时就仿佛进入了童话世界，纯真而美好。

子中于丽水随笔

2013.6.2

　　时光如水，六月将到。匆忙之中，一天又一天。我依旧过着平凡的日子，做着本职的工作。于安静中享受一份恬淡的心情，于朴素中寻觅一份心灵的宁静。人生，每一季都有不同的风景！人等失去的时候，才会从头去看，才会反思。可那时已经于事无补，所以一开始，我们就应该珍惜生活中的点点滴滴，不留遗憾。

子中于丽水随笔

2013.5.31

　　幸福完全在于自己，自己有个真实的人生，对自己的人生尽力了，负责了，对得起社会，对得起父母、伴侣与儿女，就是充实的人生、快乐的人生。心存快乐，就是幸福。

子中于丽水随笔

2013.5.27

　　夜、深、沉。窗外的天空，没有繁星点点，没有月光倾泻，更没有红霞铺天，只是一片沉静。静默中，我仿佛可以听见夜的叹息、风的呻吟，从窗口飘入耳里，划过心间。从高楼俯视，望着偶尔出现在道路上疾驰而过的车辆，看十字路口红绿灯不辞辛劳地闪烁着，想着人生就是这样重复着同样的规律。心，显得有些沉重。

子中于丽水随笔

2013.5.22

　　人生如梦幻，时而五彩缤纷，像霓虹灯一样变幻多姿；时而乌云满天，风雨交加，使你的心绪茫然得可怕。我们心中的情，心中的怨也如此。时而烈焰燃烧，时而冰水浇心。人生既然都得同步向那生命的黑洞前进，那么一切喜怒哀乐又当如何？何必耿耿于怀呢？

子中于丽水随笔

2013.5.16

　　日月经年，世事无常；人生如月，盈亏有间。也许每个人生都如同在时光的隧道里做了一次漫长而艰辛的旅行。途经之处，不仅是山青水绿、歌舞升平，更多的却要领略崎岖坎坷或平淡无奇。也许这时候我们尚未到达目的地，可是我们已经浑身乏力了，甚而启程时高昂的兴致也骤然冷却了。但是，我们不能踌躇，因为这是岁月本身蕴含的一种冷酷而坚实的力量。

子中于丽水随笔

2013.5.10

　　你有没有过这样的经历？当你无意间听到一首歌，就会牵动你的记忆，然后是一个人，一件事，甚至是一段有始无终的感觉。我们大了，都笑着说当初还小，然后电话那边是和夜色一般长久的沉默。其实我们都知道，年幼无知只不过是为了掩饰自己胆小的幌子而已，你多希望如果可以，你就找一个名正言顺的理由接着义无反顾地坚持。至少你不希望用任何牵强的理由填补心中深深的遗憾。

子中于丽水随笔

2013.4.16

　　生命中总有许多来来往往的人，就像我们走路时，马路上的过客。我们的生命中会碰到许多的事，会遇到很多的同行者，他们伴着我们走过或长或短，或笔直顺畅，或艰辛坎坷的路。我们在一起哭过、笑过、忧伤过、快乐过，可人生的道路上岔道太多，在每一个路口，虽然，还会遇到新的同行者，但谁都不会始终沿着一条路，陪着我们永远地走下去……

子中于丽水随笔

2013.4.15

对于我们每个人而言，要清楚我们浑身上下最大的核心动力其实是大脑。创业不是靠脖子以下的部分，而是脖子以上的部分，要用头脑去思考创业的方向、创什么样的业、如何去创诸如此类问题。无论是创什么业，你第一步要做的，就是经营你自己。而自我经营的最好方式与途径就是学习。

子中于丽水随笔

2013.4.11

　　人在旅途，就会经历坎坷崎岖。人生在世，就会遇到许多不如意的人与事，事与愿违的事也会时常发生。委屈与失败也会如影随形地伴人一生左右，做人，多的是左右为难，少的是左右逢源。因而学会自如运用人生的加法与减法，就尤为关键。因为，用欢笑和泪水浇灌出的人生花朵最灿烂，历尽艰辛与坎坷走出的大道更坚实平坦。

子中于丽水随笔

2013.4.9

　　茶的最初本意是为了解渴。所以喝茶是为了解渴，而品茶是为了怡情。生活，有时像在喝茶，为满足心情的需要；有时像在品茗，为调节心灵的需求。从苦到甜、从浓到淡，其实只是一个过程。品茶，须静下心来细细把玩品味，才不辜负了好茶。人生亦如品茶般微妙，别虚度了此生，错过了茶香。

子中于丽水随笔

2013.4.10

　　曾经流失过信仰，生命的状态在懵懂与迷茫中流离失所。尽管我勤勤恳恳地用简单的歌来美化我的世界；用友善和仁爱去直面丰富又单纯的人生，但我仍有些怕回顾岁月的轨迹，匆匆复匆匆，平庸复平庸。

子中于丽水

2013.4.4

　　我不喜喧嚣好独坐，沉淀在心里的思想是孤独而沉默的。不知何时有了面对飞驰岁月而惶惑的感觉，这种思想是一种成熟抑或是一种无奈？

子中于丽水随笔

2013.4.5

没有过去，没有未来，只有现在。记住，现在并不是时间的一部分。你无法抓住它，追求它，你只能珍惜它。不要试着去抓它，它永远都会让你抓不到。它是永恒的一部分，不是时间的一部分。

子中于丽水随笔

2013.3.25

　　曾经在某一个瞬间，我们以为自己长大了，有一天，我们终于发现，长大的含义除了欲望还有勇气和坚强，以及某种必须的牺牲。在生活的面前有时我们还都是孩子。

子中于丽水随笔

2013.3.25

　　人生是一种选择，亦是一种放弃，能自由选择的人是幸福的，能适度放弃的心是洒脱的。可惜，有时的选择，只有等待，没有结果，只能黯然离开。

子中于丽水随笔

2013.19

回味童年，总是有说不完的快乐往事，今天看来那时是多么天真可爱，充满幼稚与好奇，但那毕竟是一段美好回忆。时间无情，我们终究要长大。长大了有许多苦恼，有时会让我们感到很累，总感觉失去了什么，那大概是童年的纯洁、天真、可爱、简单吧。

子中于丽水随笔

2013.3.18

　　世界上最遥远的距离，不是不爱，不是恨，而是熟悉的人，渐渐变得陌生。开始新的一天！

子中于丽水随笔

2013.3.14

　　生活是自己的，获取知识的过程是自己的。而获取知识的过程的极限是信仰。我们无法获得全部的知识。我们的心智，靠作为局部知识的个人知识过程与人生体悟的启迪，才有能力去信仰。关于信仰，我能够说的只是，当你意识到知识过程的极限时，你便获得了信仰。

子中于丽水随笔

2013.3.13

　　成功的动力来自哪里呢？来自我们的内心，对现状的不满，让我们产生了一种欲望，一种渴望过更美好生活的欲望。人生就是从不满足到满足，又从满足到不满足，这样一个周而复始的循环。在这个循环中，我们实现了超越，实现了人生的价值。

子中于丽水随笔

2013.3.11

创业中的困境总使大家对它望而却步，其实更多的是缺少一个理由，给自己一个成功的动力，路会越走越宽。

子中于丽水随笔

2013.3.10

在无力抗争中，我们领悟到了父母的白发、朋友的手势以及路人的话语所蕴含的深意。我们领悟到了情感，最后却不得不放弃的情感。也仅仅只是领悟？喜欢这样比喻，人一来到这个世界是一壶水，环境是茶杯，经历是茶叶，不同的茶叶沏出来的茶不一样。

子中于丽水随笔

2013.3.8

　　非常感谢那些还在身边的人，一起走过了好几个春秋了，时间匆匆走过，回想起却让人心底默默。生命里的那些繁华与寂寞，总被我们记起又遗忘。每个人都在生活与幸福里浮沉，快乐无处不在，很多人却还在苦苦寻找。期待有那么些许的光亮，照亮、温暖彼此的心。

　　　　　　　　　　　　　　　　　　　　子中于丽水随笔

　　　　　　　　　　　　　　　　　　　　2013.3.7

　　虽然我们的工作条件、生活环境、家庭状况各不相同，但保持快乐心态的道理是一样的。如何在工作中保持快乐的心态、如何调整郁闷的心情、如何享受生活中的乐趣、如何挖掘美好的事物、如何使用正确的方法去工作和生活是每个人都要探求的事情。

子中于丽水随笔

2013.3.6

　　"不是路已走到尽头，而是该转弯了"这句话很有意思！当遇事，无法解决，甚至是已经影响到你的心情时，停下脚步暂时想一想，或许换种方法，换条路走，事情便会简单点。不要再去羡慕别人，你所拥有的绝对比没有的要多，缺失虽不可爱，却是生命的一部分，接受并善待它，人生便会快乐豁达。

子中于丽水随笔

2013.3.4

　　一个人的夜啊，旋转在枕边的思量，已然囚禁了多少不寐的时光、云袖舞动的瞬间。多想，我只是视线一抹轻柔的眸光，灼灼浮华的岁月里，为你晕开一番入心入肺的薄凉，软化了遥遥相对中，几多寂寞的渴望。

子中于丽水随笔

2013.3.3

生命，变得与自然一样年轻。春风已来，势不可挡。更何况，梦想被放飞到最高远的天空。让我们敲响生命的鼓，与有缘的人持着同一节奏，鼓声震天，白云也抖擞着双肩，或许很难捕捉到飞燕，但回归泥土的喜悦自然让生命很朴实、很纯真。

子中于丽水随笔

2013.3.2

　　三月里，我们切不可恍惚，让生命有一个优雅转身，让眼睛眺望天空的极限，让心灵尽享春意融融的温暖，让双脚健康而有定力。梦想，始于脚下的清晰印迹。怀抱诗人的豪情，在自然的神韵中窥探生命的优美，并透过明亮的白发读懂黄昏的炊烟是为了等待谁。三月，有清爽的风，穿过心胸。

　　　　　　　　　　　　　　　子中于丽水随笔

　　　　　　　　　　　　　　　2013.3.2

人生在世，酸甜苦辣，就像大自然的春风、夏雨、秋风、冬雪，谁也逃不掉躲不开，既然这样，何不练就一颗平常心，以胸襟和气度接纳一切？

子中于丽水随笔

2013.3.2

　　雨，继续下着，淅淅沥沥的雨，虽然淋湿了小城的身躯，但是，也像一壶清茶滋润着我们的生命，理清了我们的思绪，燃起我们对生活的憧憬！无论明天是继续下雨还是会晴天，当我们的心有了这份念想的时候，我们就不会再感到走在这条路上的孤独、寂寞！

子中于丽水随笔

2013.3.1

　　对于我们，童年是宝贵的精神财富，一直骄傲记忆能力较强的我，随着时间的推移残留在脑中的童年趣事已遗忘，思维在慢慢变老。把那仅有的记忆封存贴上标签，酿成美酒，希望来年越来越香、越来越浓。雷声过后光线恢复明亮，雨一直下着，远远望去巷子空无一人。

子中于丽水随笔

2013.3.1

日常的工作或生活中，常常因一句随意而说的话，一件不经意而为的小事，使朋友或领导误解或产生不信任。但不要苛求任何人，要从自己的不周全寻找问题的所在，要严于律己，宽恕别人。

子中于丽水随笔

2013.2.27

　　总是在漂泊着，却不知道自己在寻找什么，不知道自己在做什么……自己的人生仿佛一场浮华的梦境，说着奇怪的对白。这样也好，一个人来，一个人走，满心的感慨，却不再惆怅。结束的时候，总是没有语言，也没有任何解释。

子中于丽水随笔

2013.2.28

自我感知一切的时候，我们才能成为真正的自己。如果只是在纸上旅行，如果只是道听途说，如果我们只用别人的经历来充实自己的人生，如果我们因为胆怯而却步，如果我们因为疑虑而彷徨，那我们永远只能活在别人的阴影下。

子中于丽水随笔

2013.2.21

　　真的不要只在乎开始时的收入或者工作性质，最终决定你价值的没有别的，只有你的能力。而能力，只有通过努力工作才能获得。别说没有机会，不要羡慕别人的运气，只要你努力，任何岗位都会获得成功，一定会！当然要学会聪明地努力。

子中于丽水随笔

2013.2.15

　　熬夜，是因为没有勇气结束这一天；赖床，是因为没有勇气开始这一天。遥远的路程、昨日的梦，以及远去的微笑，都不是我们放弃的理由。时光的风车在四季轮回的歌里，天天不停地流转，不知再次在绿树白花的篱前相遇时，我们是否还都年轻、甜蜜。

子中于丽水随笔

2013.2.13

　　有一种人，偶尔和你打架斗嘴，但比谁都爱护你，这叫手足；有一种人，总嘱咐你多穿衣注意安全，你觉得烦却很窝心，缺钱时总说赚钱不易但总塞钱给你，这叫父母；有一种人，不见面总惦记着，让你无法忘怀，这叫爱人。我们在父母的保护中成长，在与手足相处中学会分享，在与爱人生活中懂得责任。

子中于丽水随笔

2013.2.13

　　活着，就要生活，就要快快乐乐，快乐源于内心，健康地生活，乐观地生活，生活才会有滋有味！都在为追求生活的富裕和幸福忙碌着。那么，幸福是什么？幸福是一种美好的感觉，重要的是管理好自己的心情，阳光心情，就幸福了。

子中于丽水随笔

2013.2.9

蓦然回首，岁月的流逝带走了许多东西，这一年里有很多打拼，很多努力，很多泪水。但无论曾心怀怎样的委屈，年终岁末都是我们抛弃这些情绪的天然通道。家是我们精神的寓所，容我们卸下背负了一年的压力。家里那温暖的灯光会洗净我们脚上的浮尘，褪去我们心中的浮躁，那样的欢聚诱惑着我们。

子中于丽水随笔

2013.2.9

　　一个人只有在闲暇中，气概才会像晴空一样舒畅，这时才能发现人性的真正灵魂；一个人只有在淡泊中，内心才会像湖水一般平静，这时才能获得人生的真正乐趣；一个人只有在从容中，胸襟才会像海洋一样深广，这时才能获得人生的真正智慧。新的一年，愿你闲暇，淡泊，从容！

子中于丽水随笔

2013.2.7

很多东西在一瞬间到来，是活力，是朝气，是精神，是那期盼已久的路程。一切安然度过，这之中不仅是时间，还有空间，甚至是心间的某种力量与思念。没有办法将一切言语说得如何透，但我知道时间在这个程度上，我还不够成熟，不够老练，可那又如何呢？我能做的只有不限量的努力克服。

子　中

2013.2.5

不管怎么样，坐上车，颠簸在路上，必定是一个新的征程，必定得注入更多的情感，付出更多的心血。

在路上，我们应该勇敢地辨别方向。

在路上，我们应该学会控制自己的速度。

在路上，我们应该全身心地投入向前。一切只因为我们的目的地还未抵达！

子中于丽水

2013.2.2

　　人允许一个陌生人的发迹，却不能容忍一个身边人的晋升。因为同一层次的人之间存在着对比，利益的冲突，而与陌生人不存在这方面的问题！

　　"危机"两个字，一个意味着危险，另外一个意味着机会，不要放弃任何一次努力。

子　中

2013.18

　　人生最大的遗憾不是过错，而是错过，有些事一旦错过，便再也不可能出现。

　　创造机会是勇者，等待机会的是常人，放弃机会的是蠢人。

子　中

2013.1.17

　　一个人，再有能力也敌不过一群人，这说明团队很重要！想有保障，修再大的水囤都不如挖一口井，说明管道很重要！想要德才兼备，五福临门，唯有注重修德，说明纪律很重要！想要真正改变，获得成就，唯有从事上改，从理上改，从心上改，说明心最重要。

子　中

2013.1.16

　　有一种感觉总在错过后才明白，那便是青春。它的美，美得壮观。可人们总是在此挣扎，反抗，醉生梦死，却怎也没有逃出青春的枷锁和无奈。是我们颓废了青春，还是时间抛了我们？这不仅仅是人生，更是万物声声不息的交替：出生、成长、蜕变。请珍惜现有的青春，让我们努力吧！

子　中

2013.1.15

　　不喜欢路上颠簸的感觉，尤其是在离家的路上。我是一个离不开家的人，尽管有时我会为离开家挣脱原来的生活而感到兴奋。但只要静下来，我的心底便会泛起难以形容的滋味，接着开始多愁善感，开始杞人忧天，开始涌现一些偏离正常思维轨道的想法。

子　中

2013. 1.7

善待，本质上就是一种心疼。当然，一个人，心疼别人，也会被这个世界心疼。人在路上，要善待他人。

谁都会遇到困难与坎坷，但无论发生什么，即使没有人看得上你，你也要看得上自己。心灵放松，就是善待自己的最好方式。

子　中

2013.1.6

　　处于三十岁上下的年纪，人生也已度过第一个四分之一。按照人生的规划，这个年纪应该是青春正当时，而现实中的你我，有谁还认为自己依然青春。偶然回首，才发现自己的青春已停留在过去，那些无忧无虑的日子，那些疯狂的岁月，那些爱恨的经历，最值得回忆的岁月，有着最淳厚的情谊，而现如今只剩下回忆的往事。

子　中

2013.1.5

　　听着红梅赞感受到：活着，是一个随着时间的推移不断前进的过程；是一个不断思考的过程；也是一个以"进取"为手段，以"平淡"为心态，以不变应万变，不断整合，完善自己的过程！活着，不要太辛苦，累了的时候，记得休息一下，让心灵小酌，凭栏淡观云彩弥漫。

子　中

2013.1.4

当默默地坐着，听着歌，回想事情，会发现有时人真的很矛盾，但也活得很单纯。

淡淡而悠扬，茫茫而悠长，真正的幸福生活，并不是什么轰轰烈烈，而是一壶水，平平淡淡，而在加热时，却也会泛起一些波澜。这些话是我在《蓦然回首》中看到的，所以简简单单、平平淡淡亦是真。

简单而快乐地生活，也许有时生活不简单，但生活却真实地存在。

子　中

2013.1.3

　　真正的友谊，是关键的时候拉你一把。那些整日围在你身边，让你有些许小欢喜的朋友，不一定是真正的朋友。而那些看似远离，实际上时刻关注着你的人，在你快乐的时候不去奉承你，在你需要的时候默默为你做事的人，才是真正的朋友。

子　中

2012.12.17

　　执着是一种负担，甚至是一种苦楚，计较得太多就是一种羁绊，迷失得太多就是一种痛苦。放弃是一种胸怀，是一种成熟，是对自我内心的一种自信和把握。放弃，不是放弃追求，而是让人以豁达的心态去面对生活。（感动云和、感恩云和、感谢云和）

子　中

2012.12.15

观
后
感

成长的梦想，成功的修行

——《正阳门下》观后感

《正阳门下》，讲述北京普通百姓在波澜壮阔的时代背景下面对社会变迁而艰苦创业的故事。相似的题材，相似的人生，如何构筑梦想的蓝图？如何成就梦想的未来？

忆苦思甜，最初的一切都是那么值得用心珍藏与爱护。

当下未来，现在的一切也都那么值得用心经营与呵护。

生活就是一场修行。一个平静柔软的心，包容孕育着全世界。

他们的故事，他们的话语，永远值得我们用心去倾听与聆听，只有有心的人才懂得，才会感恩生活。

改变自己，选择出色。

人生就是不停地努力。

这场战役，悄无声息，然而硝烟四起，危机四伏。人生本就匆匆一瞥，借来的光阴，不是路人，也算行者，总归是过客。红尘客栈，多少人荒芜了青春，折断了梦想，让岁月滋长青苔，堕落迷乱了心性。

其实，你本来就很美，本来就很出色。

"人生如果没有梦想，那和臭鱼干有什么区别。"喜剧之王周星驰如是说。

善待自己，热爱生活。哪怕生活欺骗了你。如果命运欺骗了你，那么我愿意倒转背影，只为更亲近地走进你的心里。倒转世界的倒影，只为与梦想重逢，与家人爱护交融，与朋友真心对待！

你要听他们没有说出的话语。故事的留白，总是篡改了你所谓的精彩？其实，很喜欢故事里的人物，他们鲜活而丰富地生活在自己的世界，有欢笑，有泪水，有悲欢离合，有不完美的人生，所以更加寻求心灵的缺口，释怀与绽放未来。

在追求完美的路上，逐渐让自己完善与优秀。

感恩生活的一切，一切即最好的安排。

那些故事里，利益的维系，情感的交织，人生的落差，梦想的升华，爱情的感悟，事业的角逐，矛盾的分歧与化解，灵魂的空缺与充盈，团队的构架，合理的规划，核心的使命，创业的创见，事业的守持，视野的深度，命运的角逐，青春的释放，价值的体现，人性的闪光点，成功的奥秘，失败的启示，危难的预兆，希望的播种，宏观的把握，微观的调整，领导的魅力，尊严的风采，笃定的信仰，领导的艺术，领袖的气质，优雅的风度，改变的气魄，荣誉感与使命感，等等。每一个人，都有我们自己的影子，你相信吗？

改变自己，选择出色。一个柔软宁静的心很强大！

一颗心憧憬，坚持，蜕变，反省。不妥协，不放弃。

我们都是执行力很强的追梦人，我们是自己未来的梦想实现家。

如果这是梦，请让我一直做下去，和我的兄弟姐妹们，一起创业，一起受苦，一起血性激昂，斗志张扬。

放心去飞，勇敢地去追。

看完整个剧情，就总结了一句话：人生百态！做大事者，不拘小节，对家人朋友要大方并包容，理解为上。

杨子中

2013.11.19

《速度与激情6》观后感

　　《速度与激情6》，在这部电影中，那群正义劫匪和一位正义警察就是这部电影的正义主人公，他们往往会教给我许多道理。而这部电影的负面主人公则是他们所要抓的人与那位武警的助手。

　　《速度与激情6》故事大约是这样的：在某一天早上，那位正义的警察来找这群劫匪，告诉他们一个交易：我可以帮你们消除罪名，但你们也要帮我捉住我的一个手下。于是为了自由，他们开始行动了。经过种种困难后，他们得胜而归，获得了自己应有的自由。

　　在一次行动中，劫匪中的钢套手把钢索的一头锁在了自己的车上，而另一头则套在了敌军坦克的炮口上，其实这样做也是有目的的——只要他们把那辆套有钢索的车推到高速大桥的中间，等这辆车卡住大桥的石柱后，再利用坦克本身的惯性，那么坦克就会翻车。其实敌军的头目也看出了他们的目的，于是他叫其中的一个手下——也是劫匪首领的爱人，上去把绳索解开，而这时的汽车已经卡到了大石柱，坦克也翻了过来……就在这时，上去解绳索的人也由于惯性翻了出去，就在这时，她的爱人从桥的另一边跳了过来，接住了她，她没有落下悬崖。大家不要以为这是一件容易的事情——首先，救她的那个人虽然是爱她的，而也有一次她开枪打中了他，大家可以想一想：如果有一个人曾伤害过你，你还会奋不顾身地去救她吗？还有就是那条缝长达四米，下面全都是山石，如果掉下去了，那后果……

于是，大家都可以看见，这位去救她的人是多么有勇气啊，而他又是多么爱那个女人啊！居然爆发出了那么大的力量！最后，那个女人被他感动了，嫁给了他。这也说明，有的人并不像我们想象的那么坏，当我们打动他们时，他们或许还可以改邪归正。这个故事让我感受到爱的真谛，让我知道了勇气的力量，还有一个故事却让我大吃一惊！

在最后的那次战斗中，其中一对夫妻中的男士已经上了敌军的飞机，而他的老婆已经快要被他拉上来了。但就在这时，那个女的发现她老公后面出现了敌人，最后，为了保护老公的安全，她抛开了老公的手，在落下飞机时掏出手枪向那个敌人开了一枪，这一枪救了她老公，自己却失去了生命。这个故事让我又一次感受到爱情的真谛。

《速度与激情6》让我大有感触：一、其实社会并不是我们所想的那么简单。二、其实，有一些坏人，他们也有自己的良心，他们并不像我们所想象的那么坏，当我们打动他们时，他们或许还可以改邪归正。三、每当人爆发时，他的力量也是不可估量的。

从这部电影中我也悟到三个道理：一、在这个社会中，所有的人并不像我们所想象的那么坏。二、你爱一个人你就要敢于为他付出一切。三、我们不仅要有力量，还要有勇气，这样我们才可以战胜所有的人，包括自己。

散

文

转 弯

　　心若改变，你的态度亦会跟着改变；态度改变，你的习惯亦会跟着改变；习惯改变，你的性格亦会跟着改变；性格改变，你的人生亦会跟着改变。在顺境中感恩，在逆境中依旧心存喜乐，认真地活在当下。当下师为无上师，当下英雄为无上英雄！

　　"不是路已走到尽头，而是该转弯了"这句话很有意思！当遇事，无法解决，甚至已经影响到你的心情时，何不停下脚步暂时想一想，或许换种方法，换条路走，事情便会简单点。

　　一味地在原地踏步、绕圈，让自己一直陷在痛苦的深渊中，那岂不是浪费生命。生命中总有挫折，那不是尽头，只是在提醒你：该转弯了！

　　幸福，是心中一颗梦想的种子，需要用整个生命的热情去耕耘灌溉，它既不是遇到的，也不是求来的。缺乏生命热情的人，没有足够能量，遇不到也求不到幸福。幸福，原来是众里寻它千百度，却在自己内心的灯火阑珊处。

幸福，是每个人心底一口永不干涸的活泉。流出来愈多、被舀走愈多，它愈是不停涌出。愈动愈有活力；愈给愈快乐。这是生命不灭的能量，它能形成一种磁场。放出的能量愈大，形成的磁场范围就愈辽阔，可以吸引与你有同样幸福特质的人，在适当的时候、适当的地点相遇。

一个人为什么要对另一个人特别好？
年轻时，可能为了占有她。
少壮时，可能为了亲爱她。
思念时，可能为了吸引她。
老年时，可能为了怕离开她。

不要再去羡慕别人如何如何，好好数算上天给你的恩典，你会发现你所拥有的绝对比没有的要多出许多。而缺失的那一部分，虽不可爱，却也是你生命的一部分，接受它且善待它，你的人生会快乐豁达许多。

人生的得与失，有时候怎么也说不清楚，有时候却再简单不过了。我们得到平日累积的成果，而失去我们不曾努力累积的！所以重要的不是和别人比成就，而是努力去做自己想做的。 最后该得到的不会少你一分，不该得到的也不会多你一分。

　　属于我们该得的，迟早会得到；不属于我们该得的，即使一分也不可能增加。假如你可以持有相同的信念，那么人生于你也会是宽广而长远的，没有什么了不得的"困境"。人生就是这样，勇于参加，反而是能够自我调整、改变、创新。

杨子中（纪念技术转换成功）

2013.2.4

无聊无关寂寞

在有些寒冷的季节里，大多人都偏爱那些阳光明媚的日子，而我却偏爱雨天。喜欢那些雨滴坠地时的喧嚣，喜欢每一颗雨滴溅落身上的感觉。只不过长大以后，因为离开故乡太久了，自然也对那声音渐渐模糊了。时至今日，我已经记不清风吹过树林时是怎样的声音了，即便我曾在那些过往的岁月里无数次地经过。或许，我从来都不知这声音到底该用怎样的文字来加以形容。

该放下的终究会放下，该遗忘也会渐渐遗忘。

那些所有美好的回忆里，声音似乎总是遗忘得最快的。或许在很多很多年以后，我们会清晰地记得某一个激动人心的画面，却不一定会记得那些最不易记住的声音，即便是同样激动人心的声音。

一种称作"音乐"的声音。那些经过排列的旋律、那些赋予动感的节奏、那些没有国界的语言，都像是雨声一样共通的洗礼。只要有音乐，你的夜晚就会不再无聊寂寞，不再孤独。

有人说，因为无聊所以孤独。

　　我们有那么多的朋友、亲人，以及许许多多在自己的生命中短暂的过客。又或者说，我们又是别人生命中短暂的过客。回顾荏苒的流年，似乎我们永远都活在表面喧哗的牢笼里，无论无聊、寂寞、孤独，都只不过属于一个人内心的独角戏罢了。

　　茫茫人世间，每个人都会有属于自己的那份孤单与无聊寂寞。正如在那些下雨的日子里，我们每个人都需要有一把庇护自己的雨伞。即便有时候，我们也需要与另一个人在同一把伞中风雨兼行。感谢你生命中的过客，因为他让你成长、成人。

杨子中

青　春

——送给创业的人们

即将步入或是已经步入而立之年的人，似乎人生也已度过了四分之一，按照人生的规划来说，这个年纪应该是青春正当时，而现实中的你我，又有谁还认为自己依然青春着。

偶尔看看过去，回忆回忆曾经，才发现自己的青春原来已经停留在过去。那些无忧无虑的日子，那些年少轻狂的岁月，那些敢爱敢恨的经历，那些二到不着边际的事迹，似乎都已经逝去在那个所谓的青春年华里。在那个最值得回忆的岁月里，或许并没有什么惊天动地的故事，亦没有感天动地的情感经历，但却有着最可笑无知的乐事，有着最淳朴无邪的情谊，而现如今所剩下的又有多少是值得以后回忆的往事？

青春的年华里，有过情不自禁的哭闹，有过随心所欲的情感，有过肆无忌惮的嬉戏。而现在，即将步入而立之年的你我，看着身边的朋友、过客，一个个已经成家立业，从一个人发展到两个人，再到三口之家。当一个个小小的世界诞生的时候，你是否内心里也会有一丝羡慕，甚至有时会有一丝慌乱。因为所有的人都已经交了答卷，而你却还未开始动笔。在青春年华里那些陪我们疯狂的朋友，那些在最美时期里陪伴我们共度时光的初恋，而现如今却已渐渐消失在我们的世界中。那些曾经如胶似漆的情感，现在也已慢慢变得淡漠，甚至消失得无影无踪，剩下的你是否还一直沉沦在青春的末期里，无法自拔？

三十岁上下本应是朝气蓬勃、生机盎然的时期，而事实，我们早已被社会磨圆了棱角，磨平了脾气；学会了虚伪，懂得了迎合；习惯了嘴上笑着，心里骂着；善用空头支票。生活也慢慢趋于平淡，每天朝九晚五，做不完的工作，发不完的牢骚，躲不过的小人，避不开的烦事。渐渐的，人变得麻木不仁，心被尘封，脸上的面具比变脸的脸谱还多，随便说出的一个谎，内心里已经有了无数的圆谎借口。人还是曾经的那个人，却只是时间，让一个人变得陌生、麻木、漠然。

如果再回到那个纯真无邪的年代里，你是否会厌恶现在的自己？如果青春世界里的感情还在，你是否执子之手，与子偕老？如果那些稍纵即逝的机会重新闪现，你是否继续放之任之，听天由命？

三十岁上下不是青春已过，而是青春正当时。时间可以磨平一个人的棱角，改变一个人的外表，却始终不能左右一个人的秉性，不要总被自己的一副副面具压抑自己真正的内心世界，不要总被世俗的外表蒙蔽了双眼，努力守住自己的青春，留下人生的第二段美好回忆。

杨子中